그대여
*κουμ*쿰

김유하 소설집

"상처와 자기연민으로 얽힌 악순환을
끊는 마음으로 이 소설을 쓰게 되었다."

청어 도서출판

그대여
koυμ 쿰

김유하 소설집

추천사

김유하 작가님의 『그대여 쿰』은 저자가 성경을 묵상하면서 받은 감동을 현대소설로 변용시킨 창작물입니다. 제목에 등장하는 단어 '쿰'은 '일어나라'는 뜻의 아람어인데, 예수께서 죽은 12살 소녀를 살리실 때 '달리다 쿰'이라고 말씀하신 걸 빌린 것입니다. 그래서 목사인 저도 관심이 가는 책입니다.

본 추천인은 청년 시절 이승우 작가(현, 조선대학교 교수)의 『에리 직톤의 초상』 등 다분히 기독교적 주제의 소설을 읽으면서 신앙의 주제를 소재로 한 문학에 관심이 있었습니다. 이문열 작가의 『사람의 아들』, 이청준 작가의 『벌레 이야기』나 『낮은 데로 임하소서』, 또 현길언 교수의 단편 소설 모음집 『무지개는 일곱 색이어서 아름답다』 등도 성경과 교회를 주제로 한 문학이라고 할 수 있습니다. 그래서 우리 교회 집사님이신 김유하 작가님의 신작이 반갑고 고맙고 기대가 됩니다. 교회에선 신실한 예배자요, 봉사자인 집사님이 하나님께서 주신 은사를 가지고 신앙적 주제를 소설로 풀어내는 모습에 박수를 보냅니다.

예를 들어 「사랑의 변곡점」에 등장하는 경옥이 남편의 폭력으로부터 딸을 지켜내고, 마사지 가게를 인수하여 당당히 살아가는 모습, 또 자신의 마사지 가게를 찾은 여성 손님이 그녀의 남자 친구에게 폭력을 당하려고 하자 몸을 던져 막아내는 모습 등은 사사기에 나오는 여 선지자 드보라의 용맹스러움을 현대적 상황과 언어로 풀어낸 것 같습니다.

성경은 하나님의 감동을 받은 저자들이 하나님의 뜻을 기록한 책입니다. 하지만 수천 년 전에 기록된 책이기에 오늘의 언어로 번역해야 합니다. 목사의 설교가 그러합니다. 문학 역시 성경 메시지의 현대적 번역일 수 있습니다. 이 일을 너무도 훌륭하게 잘 해내고 있는 작가님을 응원합니다.

-최원준(안양제일교회 위임목사)

추천사

흘러가는 시간을 가속화하듯 세상은 점점 자극적이고 짧은 매체에 집중합니다. 짧은 영상도 15초가 넘어가면 도태되는 이 시대에, 어쩌면 이 책 속에 소설들은 우리가 찾던 순정 같은 글이라 자부합니다. 돌고 돌아 순정을 찾아가는 사람의 본성처럼 독자들의 마음에 스며들어 담백한 위로가 될 것입니다. 힘들었지만 한결같이 그 인생을 단단하게 이겨내고 써 내려간 글이니까요.

부드러운 비유와 본질을 울리는 이야기들이 과도한 자극에 지쳐가는 우리를 회복의 시간으로 인도합니다. 강렬한 자극은 쉽게 휘발되지만, 이 소설들은 좋은 커피의 은은한 향처럼 마음에 오래 남아 다시 달릴 힘을 줄 것입니다. 삶의 현장에서 '쿰'하고 외치는 그분의 치유를 맛보면서요.

가장 가까운 곳에서 작품의 시작과 결실을 보게 되어, 그리고 진심으로 추천하게 되어 영광입니다.

-김강연(큰아들)

차례

내 사위

'저 자식들을 내일 당장 쫓아내야 해!'

서랍에서 계약서 뭉치를 꺼냈다. 빌라 계약서는 맨 아래에 숨죽인 채 깔려있었다. 세입자가 들락날락하는 상가에 비해 바깥출입이 적어서다. 다섯 세대가 사는 다가구 주택은 세입자 교체가 잦지 않았다. 초등학교 옆이고 주택단지라서 조용하고 좋다나 어쩐다나. 한 번 입주하면 재계약은 기본이었다. 당연히 상가 계약서보다 서랍에서 탈출할 일이 적었다. 그런데 기어코 기록을 깰 자가 나타났다. 감히 여기가 어디라고 내 심기를 건드리는지 담판을 질 작정이었다.

내년 이월이 계약만료일인 집이 있었다. 육 개월 정도 남았다. 계약서에 특별조항을 달지 않은 점이 못내 아쉬웠다. 애들이 세 명이면 집 내주지 말 것. 남자아이 두 명이면 최후로 선택할 것. 반려동물은 절대 안 되고 장기환자 동반가족은 안됨. 형석한테 신신당부

했건만, 기묘하게 사람 낚는 기술에 그때도 홀리고 말았다.

형석은 하나밖에 없는 내 사위다. 크지도 않고 작지도 않은 키에 도톰한 이마, 외까풀 눈, 양 콧방울이 볼록하게 솟아있는 것이, '성실합니다'라고 새겨진 생김새였다. 근거를 대라고 하면 갖다 댈 자료는 없었다. 그저 내가 그런 형태로 태어나서 남들이 말하는 부자가 되어있다는 것 말고. 나와 닮은 듯한 외모에 후하게 점수를 주고 딸과 엮으려고 관찰에 돌입했다.

마음이란 잠수복을 입고 몰래 들어가서 살필 수도 없지 않은가. 부동산중개업자인 형석에게 내가 가진 상가를 맡겨봤다. 성실한 생활력에다가 사람을 끌어들이는 재주가 있다는 걸 덤으로 캐냈다. 기대심리가 썩 좋지 않아서 투자를 망설이는 부동산이 있었다. 형석에게 떠보듯 자문했더니 투자수요가 증가할 거라고 말했다. 인근 상황과 우상향 근거를 자세하게 설명해 줬다. 젊은 사람이 혈기 과다 아닌가 싶었지만, 확신에 찬 말투에 맞을 거라는 신뢰가 더 컸다. 결과는 형석이 말처럼 되었다. 취득한 점수에 가산점까지 더하니 점수는 차고도 남았다.

아직 미혼인 거 확인했고, 신체 건강하고, 직업 있고. 됐다, 싶었다. 그래서 바로 혼인시켰다. 딸도 싫은 일은 한 성깔 부리면서 거부하기도 하는데 순순히 따랐다. 전문대학 겨우 나와서 보장된 직업 없이 배회하는 처지라서 그랬겠지. 종족 번식으로 영역을 확장하는 합스부르크 가문은 아니어도, 아버지가 재산을 불린다는데 이렇게라도 도와야 할 터였다. 그렇게 나를 주축으로 사위와 딸이 합세했다. 상가, 빌라, 다가구 주택, 임야, 토지. 그것들 호호 불어서 불리고 비대하게 키웠다. 통장 잔액이 얼마인지 기억에서 바로 꺼낼 수 없어도 남 주는 꼴은 못 보겠다. 손아귀에 쥐고 돈을 흘리는 일은 나만 해야 했다. 내가 개고생해서 번 금쪽같은 내 새끼들 아닌가.

순풍에 돛을 단 재산증식에 문제가 발생한 곳은 다가구 주택이었다. 내가 이곳으로 이사 오면서 발동이 걸린 셈이다. 나는 새집 입주를 한 달 정도 앞두고 있었다. 마침 다가구 주택 일 층이 비어 있었다. 다음 세입자가 바로 구해지지 않은 것이다. 전세금을 시세보다 높게 부른 탓도 있었다. 한두 사람이 찔러보기는 하는데 아직 계약하지 않은 상태였다. 잘된 일이었다. 추억을 떠올리며 한 달 정도 살아도 괜찮겠다, 싶었다. 문제는 바로 위층에 아이가 세 명이라는 것이었다. 형석이가 그때 그랬다.

"장인어른, 요즘 전세가 안 나가요. 그리고 딸만 있어서 조용할 거예요. 이것저것 따지다간 빈집으로 둬야 할 겁니다."

녀석이 말하면 어딘가 모르게 신뢰가 갔다. 내세운 원칙을 고집스럽게 지키다간 집을 세놓기는커녕 내가 옮겨 다니면서 하루씩 살아야 할 판국이리라. 두말 못 하고 계약했다. 내가 이사 와서 살아보니 형석에 대한 신뢰가 점점 '기묘하다'로 흘러갔다. 쿵쾅, 쿵쾅. 우르르. 꺅꺅. 처음 듣는 굉음이었다. 내 호령 한마디면 천하가 조용해졌는데, 그런 내가 내 건물에서, 시달리면서 살다니. 원칙이 고집스러웠다고 인정한 생각을 여지없이 바꿨다. 형석이 놈이 나를 홀린 거라고.

　일주일 전 주말을 이용해서 간단한 짐만 옮겼다. 어차피 한 달 정도 피할 재량으로 왔으니, 크게 비중 두지 않았다. 저녁이면 잠자고, 낮이면 간간이 집에서 쉬는 정도. 그런데 만만하게 볼 일이 아니었다. 세입자들은 이사 온 첫날부터 나를 가만두지 않았다.

　건물은 다섯 가구가 살고 있다. 일 층은 두 집을 합쳐서 한 가구로 리모델링 했다. 부모님이 넓게 살 목적이었다. 두 분이 돌아가시고 나서 내가 신혼 때 얼마간 살다가 세를 놓았다. 이 층과 삼 층은 각각 두 세대씩 살고 있다. 부모와 어린 자녀 한두 명 있는 가족이 살면 무난했다. 학교 부근이라서 다양한 세대가 많았다. 애들 세 명이면 안 된다는 내 원칙은 꼭 지켜질 리가 없었다. 지켜진다고 해도 예외가 생길 수밖에 없었다. 형석이 건물관리 똑바로 하라고 괜한 트집이 쑤셔 박힌 원칙이기도 했다. 형석도 그것을 알고 있었을 것이다. 그러니까 내가 특별조항 운운하면 부동산 현황이 어쩌네, 저 쩌네 하면서 상황종료를 서둘렀다.

　초가을 저녁, 열린 창문으로 삼 층 부부의 옥신각신하는 음성 혈전이 대기를 타고 전해졌다. 강도가 차츰 세졌다. 여자 목소리가 유리창이라도 깰 듯 날카롭게 올라가는 것이 수위가 넘어간다 싶었다. 그때 내가 현관문을 들이밀고 나가서 삼 층으로 올라갔다. 벨을 눌렀다. 회청색 철문 안에서는 '너는 눌러라, 우리는 싸운다'라는 자세가 계속됐다. 벨을 두 번 연속해서 누르자, 현관문 손잡이 돌리는 소리가 가까이에서 들렸다. 꼬마였다. 용쓰면서 문을 열었다. 그래도 저들의 싸움은 끝날 줄 몰랐다.

"거들 보세요. 나 집주인인데, 창문 다 열어놓고 온 동네 중계 방송합니까? 당장 집 빼고 싶어요? 어!"

씩씩대며 계단을 내려왔다. 부모님이 돌아가시고 거의 돌보지 않은 건물이었다. 형석이가 알아서 전세나 월세로 관리했고, 지은 지 이십 년이 넘은 건물이라서 돈 들어오면 그만이었다. 그래도 내 집인데, 집주인이 왔는데, 첫날부터 육두문자 들어가는 환영이라니. 당장 나가라고 맞대응하지 않은 주인을 존경의 눈빛으로 바라보라고 말하고 싶었지만, 뒷짐 지고 입을 비뚜름하게 움직일 뿐이었다. 장인어른 이것저것 따지다가는…. 허공에 찾아온 형석이를 주먹으로 퍽치고 집으로 내려왔다.

딸이 저녁때쯤 와서 냉장고에 잔뜩 넣어놓고 간 음식을 하나씩 살펴봤다. 사람 부리지 말고 직접 와서 하라는 말을 잘도 들었다. 음식은 재래시장에서 사 온 티가 역력했다. 그래도 직접 왔으니 용서했다. 밥 대우고, 된장찌개 대우고, 고사리 볶음에 해파리냉채를 꺼냈다. 내가 직접 이삿짐을 나른 것도 아닌데, 배는 시간 맞춰서 밥 달라고 보챘다.

전립선에 좋다는 콩밥을 한 수저 푹 떴다. 이번에는 바로 윗집에서 식사를 방해했다. 벽돌이 떨어진 줄 알았다. 쾅. 쾅. 끄윽. 눈알을 돌리고 입술을 돌리며 밥을 씹다가 수저를 내팽개쳤다. 현관문 버튼을 누르지도 않고 밀었다. 안 열렸다. 부아가 이성을 마비시키면서 비속어가 툭 튀어나왔다. 이씨, 씨발 현관문부터 바꿔! '열려라, 참깨'라도 됐는지, 손목을 흔들다가 도어락 버튼이 눌려졌는지 문이 열렸다. 계단을 올라가서 왼발이 계단 턱을 벗어나기도 전에 벨을 눌렀다.

"뭐 하는 겁니까. 나 집주인인데, 좀 조용히 해 주세요!"

두 집 다 대답을 들은 기억이 없었다. 일방적으로 공표만 했다. 강조해서 전달한 사항은 '나 집주인이다', 그러니 앞으로 알아서 처신하라는 선전포고를 한 것이었다. 들어주는 사람 없는 광야의 외침이었다. 아침이면 집을 빠져나가는 부스럭 소리가 천장과 계단을 장악했다. 오후엔 부모 없는 자유시간을 즐기는 아이들의 육탄포격으로 내 의식은 초토화 형국이었다. 아니, 학원도 안 다니나.

아침엔 나도 나갈 준비를 하느라 그럭저럭 참았지만, 오후엔 그럴 수 없었다. 잡히기만 하면 사단 낸다는 결의로 쳐들어갔다. 다시 참교육을 설파하고 내려왔다. 그다음 날엔 내가 자는 시간에 맞추기라도 한 듯 달리기 경주가 벌어졌다. 누가 이기나 해보자. 나는 전투태세를 갖추고 또 올라갔다.

그러기를 일주일째였다. 마침내 계약서를 꺼내 들었다. 뉘 집을 먼저 닭똥 처내듯 쫓아내야 수지 타산이 맞을지 머리통을 쥐어짰다. 육 개월 남은 집이 작전 개시하기에 적합했다. 나머지 계약서는 원위치시켰다. 핸드폰을 들고, 부동산공인중개사인 형석에게 전화를 걸었다.

"장인어른이 들어가서 사실 거라는 계획은 없었잖아요."

"윗집 애들이 그동안 많이 자랐어요. 벌써 사 년째 살고 있고요."

형석이 내가 말할 틈까지 먹어 치우면서 해명했다. 저가 옳다고 판단되면 하는 강직한 행동이다. 맞았다. 원칙을 철칙처럼 내걸었던 건 내 사심이었다. 내 건물은 오랫동안 흠 없이 유지되어야 했다. 최소 비용으로 최대 이익을 봐야 하니까. 그렇다고 내가 감독관으로 입주해서 기숙사처럼 운영할 목적은 아니었다.

"계약기간도 남아 있는데, 나가라고 하면 안 됩니다. 장인어른."

울화가 터져서 숨통을 옥죄였다. 옳은 말만 해대는 사위를 밟아 줘야겠는데 방도가 없었다. 그럴 땐 막무가내 무기가 있다. 막말.

"내 건물이지, 네 건물이냐?"

형석이 배시시 웃는 얼굴이 핸드폰을 뚫고 보일 지경이었다. 씨근거리는 나를, 눈을 내리뜨고 볼 때 수반하는 표정. 나는 그 얼굴을 허공으로 잡아 왔다.

"건방진 자식이 나를 가르쳐?"

"장인어른!"

참을 줄도 좀 알아야 한다는 속뜻을 목구멍 안에 머금고 나를 불렀다. 내 해석은 그랬다. 수박 파먹듯 원칙을 파먹더니, 형석이 건물주 행세하는 꼴이었다. 누구 덕에 호강하고 사는 줄 저놈이 까먹는다니까.

형석의 콧구멍을 사정없이 쑤시듯 핸드폰 종료 버튼을 눌렀다. 나는 그렇게라도 화풀이해야만 직성이 풀렸다. 풀리지 않은 화는 얼음냉수를 마셔서 한기를 입혔다. 내 명령은 오 년이 지나면서 투정이 되어갔다. 저깟 놈한테 말려서 번번이 몹쓸 사람이 되다니. 얼음을 한 개 입에 넣고 씹었다. 으드득. 제대로 손 봐줘야겠다.

'제대로' 성공하려면, '누구 덕'인지 짚고 넘어가야 했다. 은밀하게 따지면, 밑천이야 내가 대지만 투자하는 족족 이윤을 남긴 장본인은 형석이었다. 결혼도 그랬다. 딸도 그땐 내 명령이니까 어쩔 수 없었을 거로 생각했다. 역시 아니었다. 시댁 될 집안이 으리으리한 재벌 집도 아니고, 형석이랑 열렬한 사랑을 하지도 않았다. 그런데 형석이 말이라면 신뢰부터 깔고 들어갔다. 고집 피울 때를 빼면, 내 말을 잘 듣는 딸이었다. 어느새 형석을 더 따르고 있었다. 부부니까? 그것만은 아닌 것 같았다. 계약을 맺는 세입자들도 마찬가지였다. 심지어 내 지인들도 형석을 더 찾았다.

"형석이가 있어야지 될 텐데. 너는 사위 잘 얻어서 눈뜨면 건물이 하나씩 생기냐?"

건물에 투자를 할지 말지는 내가 결정하는 것이다. 나의 시기와 질투는 달에서도 똑바로 걷기를 도전할 만큼 세다는 걸 보여줘야 했다. 머리꼭지가 압력을 배출할 것처럼 돌았다. 형석에게 준 긍정의 후한 점수가 찍어내야 하는 척결 점수로 이동 중이었다. 형석이 아니어도 내 재산은 불어나게 되어있었다. 내 생각은 정답같이 확고해져 갔다.

쫓아내야 할 대상인 육 개월 남은 세입자는 형석이 다음으로 순위가 밀렸다. 내가 이룬 파라다이스에서 나를 개똥 취급하는 자들은 수면으로 가라앉혀야 했다. 차근차근 순서를 정해서. 당장은 아무도 내보내지 못했으므로 형석이 말대로 된 터였다. 결국 내가 살던 일 층은 그 참에 찔러본 사람이 계약해서 세를 내줬다. 나는 내 저택의 완공날짜를 세며, 낮에는 사무실에서 대부분 시간을 보내고 밤에는 인근 오성 호텔에서 생활했다. 형석이 제집에 오라는데 극구 거절했다. 너는 곧 쫓아낼 거니까.

Y시 시내에서 삼십 분 거리에 자리한 위치에 내 저택이 완공되었다. 굳이 집을 지은 사유를 물으면, 원하는 장소와 구조를 독보적으로 소유하고자 하는 내 고집 때문이라고 말하겠다. 배산임수를 따지고 고급자재를 망설이지 않고 지은 집이다. 뒷산은 수목원을 방불케 했고, 집 앞에 냇물은 햇볕을 덧입고 금빛 자태로 흘렀다. 그 사이에 나만의 저택이 아무도 건드리지 못한다는 듯 반듯하게 자리를 지키고 솟아있었다.

일 층은 거실과 주방, 손님방이 있고 이 층과 삼 층은 각각 독립된 세대를 갖는 구조였다. 형석이와 딸에게 같이 살자고 권유했다. 집 짓기 전부터 귀띔했다. 형석을 쫓아낼 계획 전이었으므로 진담과 농담이 반반이었다. 입주를 앞둔 시점에서 말의 각도는 달라졌다. 내 저의를 저들이 알 턱이 없었다. 반드시 같이 살아야 하는 이유 말이다.

다가구 주택 사건으로 형석은 내 눈치를 보았다. 나는 그 기회를 놓치지 않았다. 딸은 남편 말을 잘 따르고 있으니, 시기는 적절했다.

"자네가 삼 층을 이용하는 것이 낫겠지?"

"그렇게 해야지요. 장인어른이 삼 층까지 오르락내리락하기는 힘드시죠."

형석의 예의 바른 태도는 이미 독이 오른 나에게 약 올리는 재주로밖에 보이지 않았다. 그것 또한 형석은 눈치챌 턱이 없었다. 딸은 입주 도우미를 거절했다. 아직 애도 없고 하니 괜찮다며 격일로 도우미를 불러보고 조정하겠다고 했다. 옳거니, 잘됐다. 쥐덫을 곳곳에 놓고, 걸리기만 기다리면 되었다.

첫 번째 덫은 입주한 날 바로 걸렸다. 작정하고 덤비는 나를 당해낼 재간이 있나. 거기다가 수평이 아닌 수직관계 아닌가. 돌침대 설치가 잘못됐다, 수석 장식장을 일 층으로 옮겨라, 욕실이 주문한 구조대로 되지 않았다, 식탁은 왜 그 모양으로 배치했냐. 동분서주하며 답을 달던 형석이 밤 열 시가 넘어가자, 얼굴이 파리해져 갔다. 이윽고 실실 쪼개며 휴, 하고 나를 쳐다보았다.

"장인어른, 내일 상가 보러 온다는 손님이 세 명 있는데 오늘은 이만하시죠."

형석은 예의 바른 표정을 잊지 않았다. 그러기로 했다. 돈은 내 자식이었다.

뒷날 아침, 딸은 아침 준비로 부엌을 누비고 다녔다. 급한 티를 낸 밥상이 차려졌다. 국이 짰다. 용납할 수 없는 대목이었다. 다짜고짜 수저를 바닥에 꽂듯 던졌다. 딸은 눈자위가 금방이라도 튀어나올 형세였다. 실은 형석이 움찔하며 경계하는 태도가 보고 싶었다. 예의 바른 형석은 실신한 것처럼 대리석 바닥에 누워있는 수저를 주워들고 조용히 딸 손에 쥐어줬다. 시선으로 나를 따라잡으며, 이 정도는 익숙하다는 듯 미소를 지었다. 배시시 웃는 저 얼굴! 좋다. 기다려라, 형석아.

나 정도면 최첨단 기술이 탑재된 자가용에 번듯한 운전기사를 고용해도 되었건만 모조리 포기했다. 오가는 차 속에서 형석이 가면을 벗길 기회 포착을 노린 것이었다. 네가 어디까지 자상, 자비, 친절의 표정으로 나를 병신 만드는지 내가 똑똑히 보겠다고 불굴의 의지를 다졌다.

출근하는 차 안에서 운전하는 형석에게 작업을 수행했다. 입이 텁텁한데 껌 있냐. 오늘 특별한 아침뉴스는 없냐. 차 공기가 너무 탁하지 않냐. 너는 오늘 옷차림이 왜 그러냐. 내 덕택에 돈 벌어서 다 뭐하냐. 장인이 물어보면 대답 바로 하지 않고 뭐하냐.

형석은 자상 모드를 끄지 않았다. 말하는 나도 짜증이 밀려오는데, 마치 눈앞에 물건을 두고도 못 찾는 사람에게 친절하게 알려주듯 대꾸했다. 껌은 장인어른 자리 옆에. 뉴스는 특별한 거 없고. 창문 잠깐만 열고. 옷은 아내가 골라줬는데 어디가 이상하냐고 반문했고. 돈은 나중에 다시 말씀드린다고. 대답이 늘어 죄송하다고. 또 그렇게 마지막은 죄송하다는 예의 바른 형석으로 끝내기를 잊지 않았다.

시내 노른자 땅이라고 불리는 사무실에 도착했다. 정보를 받기로 한 고객이 찾아왔었고, 그다음 고객이 왔을 때도 형석을 자멸하기 위한 프로젝트로 호시탐탐 촉발 시점을 노렸다. 한 차례 실속 있는 파도가 일면서 상가 임대차 계약이 이뤄졌다. 부지중에 내 시야에 형석이 들어왔다. 책상에서 계산기를 두드리고 있는 신사 녀석 말이다. 자존심이 없는 것도 아니고, 밸이 없는 것도 아니고, 성깔이 없는 것도 아니다. 이틀간에 휘몰아친 내 트집에 꿈쩍도 하지 않았다. 형석의 요지부동한 자세에 두려움이 몰려왔다. 이러다가 내가 형석한테 살려달라고 애걸복걸하지 않겠지. 고개를 숙인 형석의 자태에서 햇무리 같은 빛이 보였다. 아주 또렷하게. 그럴수록 내 안에 어둠이 형석의 머리채를 뒤로 젖히려고 했다. 집착에 가까울 정도로 사납게 다그쳤다. 다그치는 속내를 생각 속에 욱여넣고, 질문을 던졌다.

"점심 어떻게 할 건가?"

"어제 고생하셨는데 제가 몸에 좋은 음식 사 드릴게요."

고맙다는 말 대신 고인 침을 삼켰다. 버릇처럼 해 왔듯 고개만 뻣뻣하게 들면 형석이 알아서 할 터였다. 말복이 훌쩍 지나고 가을이 중턱에 도달했다. 때를 놓친 능이 삼계탕을 먹겠다고 으름장을 놓듯 말을 뱉었다. 녀석은 이번에도 초지일관으로 예의를 지켰다. 네, 장인어른.

생각으로만 들쑤시다 하루가 끝나갔다. 마음은 청춘인데 관절 마디마디가 쑤셔댔다. 제풀에 지친 꼴 되지 않으려면 휴식이 필요했다. 형석을 앞세워 일찍 퇴근했다. 뜻밖의 월척이 들쑤신 막대기 끝에 걸렸다. 딸은 석양을 공연 삼아 피로를 푸는 듯 거실 소파에 누위있었다. 대문을 열고, 주차하고, 마당에 발을 올릴 때 나도 통탄하듯 하, 소리를 냈다. 대기가 불그스름하게 물든 산등성의 묘기에 시선을 붙박으며 들어왔다. 딸도 그랬겠지. 거기서부터 생트집은 시작됐다.

"자네는 퇴근한다고 집에 연락도 안 했나?"

가느다랗게 떠진 딸의 눈은 순식간에 동그라미를 그렸다. 뭐 이런 걸 가지고 그러냐며 따질 태세였다. 나는 연타를 치며 둘의 입을 막아섰다. 아침부터 정리했으면서 아직도 이 상태냐. 내 덕에 호화로운 주택에 왔으면 고마운 줄 알고 서둘러야지. 사지 늘어놓고 누워서 해 구경할 때냐.

형석이 딸의 손을 잡고 계단으로 올라갔다. 피하는 게 상책이겠지. 내 억지 질문에 누군들 대꾸하겠는가. 아주 꼬꾸라지라고 입을 쩍쩍하면서 한마디 덧붙였다. 저녁밥 어서 먹자. 저택에 스피커라도 설치한 듯 집 안이 쩌렁쩌렁 울렸다. 느긋하게 방으로 올라왔는데 심통 난 양심이 나를 들었다 놨다. 양쪽으로 날개를 편 듯한 욕실 거울 속에 얼굴 근육이 잔뜩 늘어진 내가 보였다. 허둥대며 도망치듯 딸을 끌고 가던 형석의 뒷모습이 어른댔다. 나도 그랬다. 아버지 말이면 무조건 숭배했다. 왜? 그래야지만 살아남을 수 있었다. 아버지가 없는 지금은 내가 숭배자가 되어야 했다. 부품처럼 갖다 맞춘 형석이 자꾸 삐걱거렸다. 내게는 거슬리는 파찰음이다. 명멸하는 불빛처럼 의식이 정상과 비정상의 경계를 헤맸다.

탈의하고 샤워까지 하고 나니 정신까지 개운했다. 이 층을 벗어

나는 계단을 밟고 일 층과 삼 층으로 귀를 한쪽씩 세웠다. 일 층에서는 예상한 대로 밥상에 올라갈 음식 냄새와 덜그럭거리는 소음이 들렸다. 딸이 도우미와 저녁상을 준비하는 모양이었다. 채근하는 목소리가 음식 냄새만큼 대기에 섞여서 들렸다. 삼 층은 차분하고 고요했다. 형석이는 어디 있을까. 양쪽 귀를 일 층으로 집중했다. 몸도 곧추세웠다. 계단참에 섰을 때 내 눈에 보인 형석은 도우미와 혼성 조를 이뤄서 딸을 돕고 있었다. 사위 잘 얻었네, 하는 음성이 내 양심을 빡빡 긁어댔다.

한 달이 어떻게 지나갔을까. 나의 생트집은 수위 측정 불가였다. 식탁에서 국을 엎는 일. 잠을 자다가 형석을 불러 젖히는 일. 어깨 결린다며 주무르라고 시킨 일. 출퇴근 차 속에서 운전 똑바로 하라고 고함지르는 일. 늦은 귀가는 꼭 형석을 호출해서 기사로 부리는 일. 한 번으로 끝나지 않았다. 반복했다. 새로운 생트집이 머리에 번뜩이면 쾌재를 불렀다. 그럴수록 형석은 장인어른 정신 차리라는 표정으로 나를 수행한다고 단정 지었다. 딸이 내게 불쑥 쳐들어와서 따지기 전까지는.

"아빠, 얘기 좀 해요. 최 서방 때문에 참았는데, 도대체 왜 그러세요. 나예요, 최 서방이에요. 뭐가 그렇게 맘에 안 드세요. 네?"

잔뜩 심통을 부리고 침대에 누워서 안정을 취하던 터라 순간 몸이 그 자리에서 얼어붙었다. 나는 목덜미를 문질렀다. 딸이 풀어헤친 질문 보따리를 모조리 답해서 다시 묶을 수도 없었다. 그러면 안 되는 일이었다. 딸아, 조용히 있어 다오. 저놈이 숭배자가 되어 가는 것이 싫다. 가면을 벗길 것이야. 기다려라. 대답 대신 입을 굳게 닫고 딸의 눈동자를 향해 시선을 쐈다.

"우리가 나갈게요. 아빠 말이라면 거절을 모르는 최 서방 때문에 이사 왔는데, 아빠 행동은 이해가 안 돼요. 최 서방은 아빠가 소개한 사람인데 이러면 안 되잖아요. 엄마한테도!"

그때 방문이 폭발하듯 펑 열렸다. 형석이었다. 모르고 있었다는 표정이었다. 딸 손을 잡고 부랴부랴 방을 빠져나가면서 나에게 곁눈질했다. 저 죄송하다는 표정 봐라. 딸의 부아가 내게로 스며들었다. 삼 층으로 올라가는 둘의 발소리와 멈추지 않는 딸의 비난이 실내를 장악했다. 더 이상 못한다고, 안 된다고, 당신도 정신 차리라고, 우리 아빠는 안 된다고. 딸의 목소리가 삼 층 방문 뒤로 사라졌다. 완전히 혼자가 되었다. 아내를 끼어 들일 줄 몰랐다. 지인에서, 딸로, 마누라까지 합세해서 나를 밀어냈다. 심장박동이 격해지고 가슴이 먹먹했다.

쓰나미가 휩쓸고 간 듯 내 방은 무섭고 적막했다. 비췻빛 고급자재로 휘감은 가구가 신경에 거슬렸다. 내가 더 초라하게 여겨졌다. 거뭇거뭇한 가루를 뿌려 덮어버리고 싶었다. 그래야지만 내가 버틸 것 같았다. 나는 침대 귀퉁이에 널브러져 있었다. 핑계는 형석한테 달면 됐다. 다리를 일으켜야 했다. 움직임이 더뎠다. 발동을 달아 준 사람은 역시 형석이었다. 불이라도 끌 듯 부랴부랴 들어온 기운에 놀라, 나는 똑바로 앉았다. 형석은 무릎을 꿇었다. 내게 시선을 건네며 파르르 떨리는 입술을 열었다.

"장인어른, 저는 진심으로 섬기려고 노력합니다. 불편한 점이 있으면 말씀해 주세요. 소영이는 딸이니 저보다 잘 아실 테고, 저도 몇 년 겪어 보셨잖습니까. 고아로 자란 제가 부모를 갖는 기쁨이 얼마나 큰 줄 아세요? 뭐라고 어깃장을 놔도 저는 장인어른을 존경합니다. 제 맘을 알아주세요."

쓰나미가 뒤돌아서 다시 휘몰아쳤다. 두려움을 느낄 정도로 강도가 센 저것은 뭔가. 진심이라는 건가. 그래서 견딜 수 있다는 말인가. 아니다. 저의가 있을 것이다. 나는 될 만한 이유를 정리해 봤다. 내 재산, 말 잘 듣는 내 딸, 주위의 평판, 아니면 정신 빠진 놈이던가. 마지막 이유는 빼야 했다. 그것은 내가 보증했다.

딸은 어젯밤 접었던 말을 다시 펼치지 않았다. 대신 태연하게 아침밥을 차렸다. 형석도 똑같은 자세였다. 내가 둘을 향해 시선을 두기가 곤란할 뿐이었다. 그 진심이라는 것이, 밤사이에 내 심장을 찔러 댄 것이었다. 팔딱팔딱 날뛰면서 생트집 작전 철회를 요구했으나 나는 여전히 반신반의였다.

국물 한 수저를 입으로 넣자, 칼칼한 입안을 적시고 억지스러운 마음도 씻어내렸다. 딸이 제 엄마 음식솜씨를 그대로 빼다 박았다. 요리만큼은 딸에게 고집했다. 그것은 생트집이 아니었다. 대책 없이 이성을 갈기는 감정을 통제하는 방법이 되었다. 그리고 또 한 가지 방법, 바로 형석이었다. 기묘하게 사람을 끌어들이는 형석의 기운은 사납게 날뛰던 내 감정을 순식간에 정상궤도로 안착시켰다. 나는 무엇을 불안해하고, 두려워하고, 의심해서 숭배자 자리 운운하는가. 멀쩡한 형석을 생쌀 씹듯 씹어가며 짓이기는가. 간밤에 들춰진 형석의 진심이 사실이라면, 이제 뭘 어쩌란 말인가.

"아빠, 오늘 엄마 보고 올게요. 간 김에 오랜만에 유라도 만나고 며칠 있다 올게요."

별 티를 안 낸다 싶었다.

"최 서방은 허락했냐? 엄마는 안 봐도 된다니까 꼭 봐야겠냐?"

둘 곳 못 찾던 시선을 꼿꼿이 잡고 딸을 쏘아보았다. 화살을 쏘듯 말도 쐈다.

딸이 작심한 듯 대꾸도 하지 않았기에 형석이 상황을 종료했다. 잘 다녀와. 장모님께 안부 전해주고.

시내로 진입하는 도로가 여전히 막혔다. 출근 시간을 피해서 오면 좋으련만 이것도 내 고집이었다. 가다 서다 반복해서 형석에게 운전의 짜증을 더해보려는 심보였다. 그러면 얼떨결에 욕이 튀어나오지 않을까. 본색을 보자는 거지. 실패였다. 오히려 형석의 근면 성실을 손들고 환영하는 꼴이 되었다. 교통체증 심한 구간과 시간을 맞추며, 사무실 도착시간까지 계산하는 녀석. 그렇게 버릴 게 없는 형석이는 내 사위였다.

친절 공인중개사. 형석이가 쓰던 사무실과 상호를 그대로 사용했다. 내 건물에 세 들어있었으니 번거로운 사항도 없었다. 책상과 의자를 새로 구입해서 내가 사장 자리에 앉았다. 집도 합쳤으니, 내년에는 사무실을 리모델링 하자고 둘이 합의를 보았다.

정권교체 이후, 부동산 상황이 여전히 고전 중이다. 앞선 정부의 부동산정책 기조를 그대로 이어받은 듯하다는 여론이었다. 오히려 과격하고 성급하다는 느낌까지 더했다. 미꾸라지처럼 잘 피하면서 쌓아 올린 내 재산은 크게 신경 쓸 필요 없다는 태세였다. 무리하게 재투자만 하지 않는다면 손주 대까지 무난하겠다는 내 전망이었다.

형석이 오랜만에 친구들과 전화질이다. 마누라도 없으니, 친구라도 만나야지. 곁눈질하는 것이 내 눈치를 보는 듯했다. 그래, 그 자리까지 가서 생트집을 잡진 않으마. 나는 반달눈을 하고 형석을 지긋이 바라보며 답을 줬다.

"나 택시 타고 집에 갈 거니까 약속 시간 편하게 잡게나."

별일 다 본다는 표정을 나도 형석도 지었다. 간지러운 말을 뱉고 나니, 시야가 흐트러지는 걸 간신히 제자리에 붙잡아 놓았다. 진심을 밝히기 전에 진심이 먹힌 것일까. 이성이 내 통제를 벗어난 기분. 나쁘지 않았다. 심술쟁이처럼 굴 때 들리던 쇳가루 같은 숨결이, 새근거리는 아기 숨결로 탈바꿈되었다.

택시 뒷좌석 문을 공손히 닫고, 형석이 구십 도로 인사했다. 나는 가볍게 손을 들어 보였다. 택시가 사거리에서 우회전했다. 허리를 펴고 오도카니 서서 바라보던 형석도 사라졌다. 시내를 벗어났다. 차창 너머에 가을과 겨울이 거리낌 없이 바뀌며 사진 같은 풍경이 내 눈의 피로를 달랬다. 드문드문 마른 억새가 차장 너머로 스치며 지나갔다. 삼십 분쯤 달려 집에 도착했을 때 어제와 다르지 않게 대문을 열었다. 고개를 담장 너머로 틀자, 산등성이를 넘어가는 오후 해가 아쉬운 듯 뉘엿뉘엿 졌다.

연이틀 이른 퇴근이었다. 달라진 것이라곤 어제는 말로, 오늘은 마음으로 시끄럽다는 것이다. 밖에서 달고 온 먼지부터 씻어내고 싶었다. 이 층으로 올라갔다. 옷을 벗고 욕실로 향했다. 이 층은 침실, 드레스룸, 서재를 두었다. 욕실은 공용과 안방으로 두 개를 뒀지만 대부분 안방 쪽을 사용했다. 없어도 될 공용욕실이었다. 굳이 안방과 같은 형태를 고집한 까닭은 혹시 돌아올지도 모를 아내를 위한 것이었다. 내 독촉 신경 쓰지 말고 편하게 사용하라고. 나만 알고 있는 사실이었다.

욕실은 마블 패턴의 천연 대리석을 사용했다. 돈이야 아낄 필요가 없었다. 독보적인 것이 필요했다. 욕실로 들어갔다. 형석에게 베푼 선행이 마음을 부풀렸는지 푹신한 구름 위에 올라타고 들어온 기분이었다. 제대로 구름을 탈 욕심으로 욕실 신발도 신지 않았다. 거울에 비친 내 얼굴을 스치듯 쳐다본 후 월풀 욕조를 앞에 두고 샤워기를 잡았다. 수도꼭지를 틀었다. 온몸에 물을 적셨다. 거품을 내서 물과 같이 문질렀다. 발바닥은 기름을 바른 듯했다. 떨어지는 물소리에 리듬을 탔다. 몸을 흔들었다. 그때였다. 시야가 천장을 흔들고 지나갔다. 멍, 하는 울림이 머리를 장악했다. 손과 발과 등이 대리석 바닥을 헤맸다. 울림이 정신에서 빠져나갈 때, 발에 힘을 주었다. 일어서야 했지만, 통증이 일제히 일어서서 막았다. 왼쪽 발과 오른쪽 손목에 통증이 심했다. 입술 새로 신음이 샜다. 안 하던 짓을 하면 죽는다더니. 형석이 놈 때문이야. 돌아온 정신은 여지없이 핑계의 화살을 쏘아댔다.

핸드폰에 대고 악다구니를 있는 대로 토해야 했다. 네놈 때문이야, 진심이니 뭐니 하면서 사람을 낚더니. 네놈 당장 이리 와. 감히 나를 이렇게 만들다니. 핸드폰을 찾았지만 당장 옆에 없었다. 옷을 벗을 때 탁자 위에 올려 둔 기억이 떠오르자, 욕실 대리석을 모조리 때려 부수고도 남을 성깔이 솟구쳤다. 하지만 현실은 물에 빠진 생쥐였다.

미꾸라지라도 되기로 했다. 엉덩이가 욱신거렸다. 배를 바닥에 대고 왼쪽 손을 바닥에 흡착시키듯 앞을 찍고 몸을 끌어당겼다. 배와 가슴에 구슬이 굴러가는 것처럼 쿨럭쿨럭했다. 욕실을 통과하자, 안방 바닥도 대리석이었다. 핸드폰이 있는 곳까지 내 몸에 남은 물과 거품을 이용해서 밀고 가야 하는데, 가는 도중 마를 것이다. 두려웠다. 지인들의 환청이 나를 비꼬며 비아냥거렸다. 바닥에 붙어버린 중년 남자, 핸드폰을 손아귀에 쥐려고 발버둥 치다. 형석이는 오늘 집에 들어올까. 친구들과 재미나겠지. 온다고 해도 나를 도와줄까. 딸은 제 엄마 만나고 좋아서 안 올지도 몰라. 아예 오지 않을지도 몰라. 형석이도 제 아내에게 가버릴지도 몰라. 오늘 밤이라도 말이야. 내 몸에 물이 말라가듯 성깔도 말라갔다.

해넘이가 한참 전에 끝나고 사방은 어둑어둑했다. 집은 산을 등졌다. 누군가에게 소리를 전달할 힘도 없었다. 멀쩡할 때도 어려운 일이었다. 꼼짝없이 감금된 상황이었다. 아무런 방책이 떠오르지 않았다. 배도 고팠고 움직임이 중단되자 졸음이 몰려왔다. 가물가물한 의식에서 누군가가 나를 부른다고 속닥거렸다. 허둥대며 목청이 꺾어져 버릴 것 같은 목소리였다.

딱딱한 물체에 놀라 눈을 떴다. 침대 안전바에 왼쪽 팔이 닿은 것이었다. 병원 응급실로 짐작되었다. 생각이 돌아가는 걸 보니 살아있는 모양이었다. 벽시계에 바늘 두 개가 겹쳐 보였다. 며칠을 잘라버릴 만큼의 일은 아니지 않았을까. 끊어진 기억을 주섬주섬 이어 보았다. 사그라져 가던 의식과 교차하면서 나타난 사람을 찾아야 했다. 눈자위가 돌아가고 시야가 자유로웠지만 다른 부위는 건드릴 수 없었다. 저쪽에 고개를 숙인 물체가 가늘게 움직였다. 두 손을 모으고 중얼대는 사람. 미세한 숨결에 훌쩍이는 눈물이 배어 있었다. 형석이었다.

나는 들키면 안 될 것처럼, 몸을 움츠리며 숨을 골랐다. 형석의 돌연한 자세가 궁금하기도 했고 내가 뭔지 모를 빚을 지고 있는 기분이 들었다. 형석은 같은 자리에서 꼼짝하지 않았다. 이따금 소리를 통해 살아있다고 알릴 뿐이었다. 흐느끼는 소리와 크게 숨을 고르는 소리로. 의사가 들어오면서 정적을 깼다. 형석이 엉거주춤한 자세로 일어섰다. 얼굴에 범벅된 눈물과 콧물을 훔치며, 의사에게 말을 걸었다.

"우리 아버님 괜찮으시죠? 제가 어제 같이 퇴근해야 했는데. 제

잘못입니다."

형석이 나를 위해 울었던 것이었다. 이날 입때껏 잘해 준 거라 곤 딱 하나, 친구 만나러 가라고 택시 타고 온 게 고작이었다. 결혼하고 오 년 동안 내 몸종처럼 대우하기가 일쑤였다. 그런 나를, 제 몸 아끼듯 아파한 거란 말인가. 내 심장이 말라버린 샘을 끌어올리는 것처럼 펌프질해댔다. 형석이 어젯밤 보인 진심이 사실이었던 건가.

오전 병원 업무가 진행되고 나는 일반병실로 옮겨졌다. 딸은 대충 묶은 머리를 하고 날이 어둑해져서 나타났다. 거기서도 형석이 딸을 배려한 티가 났다. 늦게 연락한 것이었다. 오랜만에 만난 엄마와 좋은 시간 보내라는 뜻이었겠지. 나는 눈으로 형석이 머리를 쓰다듬었다. 잘했다, 형석아.

부상은 크지 않았다. 돈 욕심, 명예 욕심, 권력 욕심만큼 운동에 욕심을 냈다면 간단한 타박상 정도로 끝나지 않았을까. 의사는 형석에게 진 빚을 갚으라는 듯 다그쳤다. 앞으로 회복되면 사위한테 잘하고, 운동해야 한다고 신신당부했다. 내 심장과 폐부를 찌르는 진단이었다. 여지없이 들통난 생활 습관으로, 가뜩이나 민망한 얼굴을 더 들 수가 없었다.

겨울바람이 불 때쯤 나는 휠체어에 앉을 정도로 호전되었다. 장거리를 가기로 한 날이었다. 딸은 무리하지 말라고 했지만, 약속을 지키고 싶었다. 형석이 내 무릎에 극세사 담요를 덮어주었고 목적지에 도착했을 땐 나를 안아 휠체어에 옮겨 주었다. 나는 휠체어

에 앉아 시선을 정면으로 향하고 형석의 힘찬 구령에 맞춰 이동했
다. 언틀먼틀한 길이 대수롭지 않았다. 딸의 나지막한 목소리가 형
석이 옆에서 들려왔다. 발 네 개가 두 개처럼 움직였고, 딸의 물음
에 대답하는 형석의 말투는 다정다감했다. 든든했다. 아내가 산다
는 붉은 벽돌집이 보였다. 계단 옆에 시멘트 길이 친절하게 반기는
듯 바퀴가 부드럽게 밀렸다. 형석은 살포시 휠체어를 밀어 올려놓
고 몇 발짝 걷더니 낭랑하게 말했다.

"장인어른, 흔쾌히 허락해 주셔서 감사합니다. 저희 결혼하고 별
안간 두 분이 별거해서 힘들었어요. 소영이가 저보다 힘들었겠지
만, 저도 못지않았어요. 장모님은 그동안 취미 삼아 트럼펫을 배웠
는데 꽤 실력이 늘었어요. 그것 때문인지 모르지만, 전보다 밝아지
셨어요. 올 초부터는 장인어른 소식도 물어보시고요. 오늘 장인어
른 모시고 온다고 했더니 며칠 전부터 저희에게 전화해서 여쭤보
는 게 많으셨어요."

사위 하나는 잘 얻었다. 나는 동의했다. 형석이 내 저택 현관문을
여는 것처럼, 아내의 집 현관문을 열고 내가 탄 휠체어를 안으로
밀어 넣었다.

사랑의 변곡점

가게 출입문 비밀번호를 눌렀다. 오로지 가게 주인으로 발을 집어넣었다. 뭐에 홀린 것처럼 광고지에 이끌려 왔다가 경락 마사지사가 되다니. 경옥은 오른쪽 손바닥을 눈앞으로 가져왔다. 엄지손가락 끝을 이용해서 소지부터 검지까지 잘게 원을 그리며 비볐다. 기술을 배우고 익힌 세월만큼 굳은살이 두둑했다.

은은한 불빛이 실내에 내비쳤다. 공기는 십이월의 찬바람을 재울 만큼 푸근했다. 침대에는 연보라색 천이 길게 늘어뜨린 채 덮여 있다. 그 위에 금빛 천으로 침대 절반을 덮어놨는데, 마치 눕기만 하면 화려하게 다시 태어날 것처럼 반짝거렸다. 윗부분에 동그랗게 구멍이 뚫려 있다. 이게 뭐야. 얼굴을 묻는 곳이구나, 하며 정색하던 경옥의 표정이 눈앞을 스쳐 갔다. 갑자기 카운터 위에서 딩딩거리는 소리가 들렸다. 아침에 들고 온 진청색 에코 가방 안에서 휴대전화가 진동했다.

"잘할 수 있겠지?"

"잘할 거야."

"그럼 잘하고말고."

서 원장은 휴대전화 속에서 쉴 새 없이 혼자 묻고 답했다. 탄탄하게 준비된 실력에 검증 도장만 찍으면 된다는 듯 음성마다 쾅쾅거렸다. 곧바로 경옥의 귓속에 들붙었다. 경옥은 그러겠다고 대답하듯 입술을 당겨 물었다.

서 원장은 경옥의 사장이었지만, 오늘부터는 경옥이 사장이었다. 서 원장이 가게를 넘긴 것이다. 입버릇처럼 경옥한테 가게를 넘긴다는 서 원장의 말이 실현된 셈이다. 시기가 당겨진 내막에 꺼림칙한 사연이 있었다. 경옥이 확실하게 독립 의사를 표현하기도 했지만, 서 원장 실수를 더 이상 감추지 못한 이유도 한몫한 것이었다. 예약 손님을 경옥에게 맡긴 적이 몇 번인가. 다른 이유도 아닌 전날 과음으로 인한 응급실 줄행랑. 서 원장은 막판까지 술자리를 지키는 고약한 버릇이 있었다. 이기지도 못하는 술을, 마셨다 하면 아픈 가정사 다 끄집어내느라 밤새기가 일쑤였다. 그럴 때면 경옥은 자기 손님에게 온전히 집중하지 못했다. 서 원장의 부탁을 매몰차게 끊어내지 못해서다. 잿빛으로 뒤덮인 삶에서 경옥을 건져준 고마움 때문이라고나 할까. 경옥은 서 원장과 좋은 관계를 오래 유지하고 싶었다. 먼저 선수를 쳤다. 원장님, 이제 가게 저한테 넘기세요, 요즘 계속 쉬고 싶다고 하셨잖아요. 치매 걸린 시아버지가 남편과 사별한 서 원장만 찾는다며 부쩍 힘들어했다.

경옥은 어제도 예약 손님을 마사지했다. 같은 장소에, 단골손님이라서 그랬는지 별다른 감정 없었다. 막상 오늘을 개업일로 명명하고 나니 마음이 시룽새룽했다. 기연가미연가한 마음이 찾아들고, 사장을 아무나 하나 싶기도 하다가, 하고야 만다는 신념이 서기도 했다. 서 원장의 전화를 받고 나니 비로소 실감이 났다.

갑자기 명치 아래가 더부룩해지면서 조바심이 났다. 한 달 뒤에 출소하는 남편 때문이라면 가셔내야 했다. 삼 년이라는 시간이 결코 그냥 흐르지 않았어. 수없이 되새김질한 다짐을 머릿속에 차근차근 정리했다. 흥분하지 말 것. 주눅 들지 말 것. 할 말은 할 것. 그때 경옥의 마음에 발맞추는 소리가 들렸다. 무선주전자 속의 물이 부글부글 극에 다다르더니 전원 버튼 쪽으로 기별했다. 달그락. 언제 그랬냐는 듯 무선주전자 안은 경옥 마음처럼 차분해졌다. 경옥은 무선주전자를 잡아 들고, 컵 테두리에 걸친 드립백에 물을 부었다. 졸졸. 매일 바쁜 아침이지만 커피 한잔은 잊지 않았다. 오늘은 더 의식적으로 마셨다. 더할 나위 없이 특별한 날이고, 단언컨대 인생에서 중요한 날이니까.

오전 열 시가 채 되지 않아서 예약 손님이 도착했다. 평퍼짐한 옷차림새였다. 이십 대 후반으로 보이는 그녀는 지인의 소개로 왔다고 먼저 인사했다. 처음 오는 손님은 대부분 소개받아서 오는 경우였다. 경옥은 눈꼬리를 올리고 입가도 귀에다 걸면서 대꾸했다. 잘 오셨어요. 그녀를 탈의실로 안내했다.

경락 침대로 다가오는 그녀는 수심이 가득한 얼굴이었다. 낯선 곳에서 나타날 만한 긴장감은 전혀 보이지 않았다. 경옥은 왠지 모르게 신경 쓰였다. 자세를 어떻게 할지 몰라라 하는 그녀에게 경락 침대 구멍을 손가락으로 가리키며 말했다. 등 먼저 할 거예요. 여기에 얼굴 묻고 누우세요. 전신 마사지를 택한 그녀가 팬티만 입은 채 검은 뒤통수와 누런 몸을 드러내고 엎드렸다. 경옥은 쎄서미 오일을 한 움큼 짜들고 와서 그녀의 등에 바르기 시작했다.

"고주파를 이용해서 근육 이완과 혈액순환 촉진을 먼저 할게요."

경옥이 고주파 마사지기를 대며 말을 걸자, 그녀가 바닥을 향해 말을 툭 던졌다.

"목 가누기가 힘들어요. 뻣뻣해서. 어깨도 얼얼하고."

봉지가 뜯길 때 뇌를 압도하던 드립백 커피 향이 여운처럼 살아나 그녀의 목소리를 또렷하게 했다. 경옥은 그녀의 승모근을 만졌다. 흔한 표현으로 돌덩이 같았다. 통통한 뱃살에 말캉거리는 팔뚝. 보기보다 예민한 성격으로 짐작되었다. 하는 일에 상관없이 평소에도 스트레스가 만만치 않은 사람인 듯했다. 그녀의 어깨를 잡았다. 돌덩이를 부드러운 살로 풀어보려고 비비며 문질러 나갔다.

"으윽."

막힌 혈이 풀리는 소리를 대신하듯 그녀의 잇새로 익숙한 소리가 새어 나왔다.

"그놈을 어떻게 때려잡아야 할까. 그 생각뿐이에요."

속마음을 더 이상 감추지 못하겠다는 듯 그녀는 얼굴을 땅으로 향하고도 정확하게 발음했다. 경옥은 입속말로 대꾸했다. 이쁜 나이에 이렇게 무거운 몸으로 그동안 어떻게 살았나요. 시원하게 풀고 이겨요. 경옥은 영혼을 담아 그녀의 뭉친 승모근을 누르고, 손을 모로 세워 피부를 쓸어 올렸다. 오일로 덮인 살갗은 진주처럼 윤기가 흘렀다. 마치 꽉 막힌 일까지 술술 풀릴 것처럼, 유들유들한 살로 되살아났다. 경옥의 탄력 붙은 손은 그녀의 팔로 옮겨 갔다. 나이를 무시하더라도 탄탄한 경옥의 근육에 견주면 풀어질 때로 풀린 근육이었다. 경옥도 그랬다. 쳐질 대로 쳐진 살을 몸 구석마다 달고 살았다. 남편의 원망이 두려웠고, 남편의 괴롭힘에 지쳤으며, 남편의 감정 쓰레기통 역할에 몸을 망가뜨리듯 살 때가 있었다.

"아, 시원해. 거기요."

경옥이 그녀의 소원근 부위를 누르고 엄지손가락을 아래로 옮기려고 하자, 그녀가 손가락을 붙잡듯 말했다. 문득 침대 너머에서 경옥을 다독이며 격려하는 서 원장의 목소리가 기억을 펼쳤다. 경옥씨, 거기를 조금 더 눌러 줘야 해. 지금 잘하고 있어. 경옥은 서 원장에게 경락마사지를 배웠다. 서 원장과 첫 만남은 뭉친 부위나 통증 부위의 집중 관리가 목적이었다. 결혼 이 년 후 남편의 태도는 돌변했고, 반항이라도 하면 어김없이 폭력을 가했다. 폭언이 폭행으로 연결되면서 경옥도 마음에서 몸으로 흔적이 남게 된 것이다. 손님으로 가서, 돈을 지불하고, 마사지를 받으면 된다고 생각했다. 그러나 서 원장은 경옥의 몸을 보고 소스라치게 놀랐다. 멍이 심해서 지금 상태로는 할 수 없어요. 멍이 사라지고 상처가 아물면 다시 와요. 서 원장은 경옥을 위해 그곳에 있는 사람처럼 자포자기로 사는 경옥에게 그러면 안 된다고, 잘하는 게 있다고, 찾으면 된다고, 때론 달래고 때론 혼내듯 정신을 환기했다.

어느 날 무심코 등을 돌리는 서 원장의 몸짓이 둔해 보였다. 경옥은 여기 앉아 보세요, 하고는 손가락으로 어깨를 꾹꾹 눌러 주었다. 경옥 씨, 잘하네. 정식으로 한번 배워볼래? 하는 것이다. 서 원장의 제안이 고마웠다. 거절하지 않고 한 동작, 한 동작 익혔다. 경옥도 모르는 경옥의 숨은 재능이 있었는지, 기시감까지 느껴지는 솜씨가 발휘되었다. 경옥은 도약했다. 못 해요, 할 수 있을까요?, 해볼게요. 딸이 중학교에 들어갈 무렵, 서 원장 가게에 직원으로 취직했다. 남편에게 말했더니, 네가? 하면서 시답잖다는 표정을 지었다고 서 원장한테 하소연했다. 입을 삐죽거리며, 서 원장이 한마디 했다.

"소시민은 도전하는 자를 비웃는다고 전 야구 선수가 그랬다더라. 용기를 내."

경옥은 막무가내로 베푸는 서 원장과 자신의 관계 설명을 고심했다. 언젠가 손님도 둘은 어떤 사이냐며 호기심 어린 눈빛을 건넸다. 딸 초등학교 입학식 날 가게 주인과 손님으로 만나서 지금은 스승과 제자 사이. 그것도 하산을 명 받은 수제자로 스승의 가르침을 전승하려는 끈끈한 관계이리라. 가족도 돈독한 친분도 사기 행각에 무방비 상태로 당하는 뉴스를 곱씹으며 경옥은 가슴을 어루만졌다.

"그래도 안 될 때는 포기해야겠죠?"

경옥의 생각 속으로 그녀가 불쑥 치고 들어왔다. 풀린 몸으로 다시 태어나리라고 믿고 있었건만, 그녀는 내심 딴생각으로 빠진 것이었다.

꼬리뼈를 비비듯 마사지하고, 다리와 발까지 이어갔다. 경옥은 천정을 보고 그녀를 눕게 한 다음, 온열 돔을 그녀의 가슴 위로 끌어당겼다. 동시에 공기 파 마사지기를 다리에 채웠다. 경옥의 손끝은 그녀의 고민까지 풀리게 할 기세로 목덜미를 만졌다. 엄지손가락을 이용해서 혈 자리를 찾아 눌렀다. 아플 거예요. 그래도 어쩔 수 없어요. 참으세요. 그녀의 표정이 일그러졌다. 마지막으로 빗장뼈 안쪽 부분의 혈(기사) 자리를 엄지손가락에 진동이 오도록 깊이 눌렀다. 견 갑골과 연결된 견 외유를 만지는 효과가 있다는 걸 알려주고 싶었다. 이건 아무나 쉽게 못 하는 기술이에요. 서 원장에게 들었던 말을 그대로 옮기며 경옥은 입술을 살짝 오므렸다. 그녀를 앉게 한 후, 등 뒤에 서서 양팔을 잡고 가운데로 모으듯 당겼다. 악. 마지막으로 등을 탁, 치면서 벙긋거리며 말했다. 수고했어요.

두 시간이 흘러갔다. 개업 날이고 첫 손님이라서 신경을 쓰긴 했지만, 그녀에게 풍기는 께름칙한 느낌을 배제하지 못했다. 그래서 한 번 더 손이 가고, 또 간 것이다. 괜한 오지랖이라며 그녀를 기억 속으로 집어넣어 버렸다. 혼자 있는 시간을 틈타 부대끼는 마음도 올라왔다. 출소하면 남편이 어떤 태도를 보일 건지. 면회 한번 안

왔다고 트집 잡을지. 보복할지 안 할지. 아침에 챙겨온 음식을 펼치며 경옥은 조금 전 생각을 지우듯 고개를 저었다. 샐러드에 닭가슴살을 뒤섞고, 케이퍼 열댓 알과 키위 소스를 부었다. 새콤한 맛과 담백한 맛이 입맛을 살렸다. 서둘러 양치질하고 거울 앞에 섰다. 귀 둘레에 흐트러져 있는 머리카락을 귓바퀴에 꽂았다.

출입문 쪽에서 들리는 소리를 따라 경옥은 고개를 돌렸다. 어머머. 경옥은 두 손을 맞잡아 입술에 갖다 대고 양발을 종종거렸다. 빠밤빠, 빠밤빠. 영화 '록키'의 주제곡을 흥얼거리며 서 원장은 오른손으로 화분을 끌어당기고 왼손을 흔들었다. 연갈색 몸통을 쭉쭉 내뻗고, 뽀얀 연두색 잎을 나풀거리는 행운목 화분은 가게 출입문 절반은 훌쩍 넘는 길이다. 원장님, 그냥 와도 되는데. 고마워요. 경옥은 눈이 다 감길 정도로 웃었다. 얼른 화분 곁에 서더니 경락마사지 계의 선구자라도 되겠다는 듯한 자세를 취했다. 탄탄한 두 다리를 곧게 세우고, 오른손 엄지는 치켜세우고, 왼쪽 팔은 꺾어 손을 허리에 붙여 세우고, 얼굴에 옹기종기 모여있는 이목구비를 활짝 펴듯 움직였다. 서 원장이 질세라 분위기를 띄웠다.

"경옥 씨, 대단하다. 동생이지만 존경해. 반드시 더 잘될 거야."

서 원장이 탈의실로 들어가더니, A4용지 크기만 한 에코 가방을 하나 들고나왔다.

"경옥 씨 가방이 손님 사물함에 들어 있어. 개업 날이라서 정신 없지? 내가 긴장 풀라고 일부러 오후 첫 타임으로 예약을 잡아 달라고 했지. 내가 편하잖아. 그지? 사장님 가방은 저쪽에 고이 보관하세요."

서 원장이 부드러운 턱짓으로 카운터 쪽을 가리켰다. 경옥이 매일 들고 다니던 에코 가방과 똑같아 보인 모양이다. 경옥은 시선으로 더듬듯 가방을 훑어봤다. 착각을 불러일으킬 만큼 볼수록 경옥 에코 가방과 비슷했다. 카운터 쪽으로 걸어갔다. 경옥의 에코 가방은 카운터 수납장에 얌전히 보관되어 있었다. 마치 청바지 윗부분만 잘라서 만든 청반바지처럼 생긴 에코 가방. 경옥 가방보다 크기는 작고 색깔은 짙었다. 가방 두 개를 번갈아 보며 고개를 젓고 있는데, 왕복하는 시야에 딸 얼굴이 어룽거렸다.

딸은 부모의 잦은 싸움을 피하려는 듯이 친구 집에서 자고 오는 날이 많았다. 결국 대학 진학을 포기하고 취업을 준비하겠다고 했다. 어느 날 들고 다니기 편한 가방 하나 산다고 해서 경옥은 딸을 따라나섰다. 이왕 나온 김에 시내를 벗어나 서울로 가고 싶었다. 가게도 쉬는 날이라서 마음도 편했다. 인사동에 들려 모처럼 웃고 떠들다가, 희한하게 생겼다면서 골라든 가방이 지금 경옥의 손에 쥐어져 있었다. 경옥은 담을 물건이 많다고 큰 가방을, 딸은 어차피 백팩을 메야 한다며 소지품 담을 작은 가방을 골랐다. 경옥은 큰 에코 가방을 다시 수납장에 넣고 서 원장이 건네준 작은 에코 가방을 들고 일어섰다.

"제 가방은 제자리에 잘 있어요. 오전에 온 손님이 두고 간 것 같은데요."

어제저녁, 구석구석 살피며 가게를 청소한 기억이 명확하게 떠올랐다. 예약문자 발신 번호에 섞여 있는 그녀의 전화번호를 찾아 눌렀다. 여자의 음성이 친절하게 거절을 알릴 때까지 그녀는 받지 않았다. 잠시 뒤 다시 걸어 볼 요량으로 작은 에코 가방을 카운터 수납장에 넣어 두었다.

"가끔 그런 손님이 있긴 한데, 서로 찝찝해. 별일 없을 거야. 사장님, 저 좀 잘 부탁해요."

서 원장의 코맹맹이 음성은 언제 들어도 기분을 활기차게 끌어올렸다. 경옥은 침대에 누워 천장을 멀뚱멀뚱 바라보는 서 원장이 애처로웠다. 육십 대 중반답게 복부를 중심으로 가려진 살이 많았다. 경옥을 직원으로 두더니 서서히 일에 손을 떼면서 붙었을 것이다. 경옥의 실력이 일취월장하는 동안 불어나지 않았을까. 그만하면 쉴 만도 한데, 시아버지 치매 병간호로 바쁘다니.

마사지하는 시간은 경옥의 가슴을 쿵쾅거리게 했다. 손님의 찌뿌등한 몸과 뭉친 부위를 살려서 그들의 몸뿐 아니라 마음도 재생하는 시간이었다. 경옥은 마치 인생을 거듭나게 하는 마술사 같았다. 서 원장의 목과 어깨 쪽으로 날렵하게 손을 펼쳐갔다. '청출어람'을 새긴 현수막을 경옥의 마음에 내걸었다. 등을 탁, 치며 중생했다는 듯이 서 원장한테 기압을 넣었다. 생글대며 떠난 서 원장 뒤로 사십 대 중반 여성 두 명이 등과 다리를, 이십 대 아가씨가 얼굴 경락 마사지를 받았다. 경옥은 사장으로 보낸 하루가 싫지 않았다. 자연스럽게 구사하는 기술과 익숙한 손놀림이 긴장한 마음을 여유롭게 다독였다. 큰 에코 가방을 무심코 챙겨 들고나와서 가게를 문단속했다. 상가를 빠져나와 집을 향해 발걸음을 재촉했다. 연말을 보내려는 사람들이 두툼한 외투를 걸치고 겨울 밤거리를 서성거렸다.

*

집에서 가게까지 버스를 타고 이동하는 시간은 이십 분 정도 소요되었다. 경옥은 버스를 기다리는 시간과 버스에서 내려서 가게까지 걸어가는 시간을 합치면, 샛길로 걸어가는 시간과 같아서 자주 걸어 다녔다. 그런 날이면 서 원장은 어김없이 장롱 면허 탈출하라고 성화였다. 경옥은 가게인수를 먼저 행동으로 옮긴 셈이다. 가게를 혼자 도맡다 보니 들고 갈 짐들이 어제부터 늘어났다. 자동차가 있으면 편하겠다는 생각이 현관문을 닫고 나오자마자 짐보따리에 따라붙었다.

어젯밤 자축하는 기분으로 침대에 누워 원목 괄사 마사지 봉을 손에 들었다. 능숙한 선수답게 오른손을 펴서 엄지를 괄사 가운데로, 나머지 네 개 손가락은 두 개씩 나눠서 괄사를 꽉 쥐었다. 입술로 당겨 뒤풀이하듯 입맞춤하고 있을 때였다. 단골손님의 갑작스러운 예약 요청이 있었다. 경옥은 이른 아침 시간을 급편성했다. 아침 여덟 시에 가능한데 괜찮으시겠어요? 내일도 예약이 꽉 차 있어서요. 좋아요. 어차피 '새벽형'이라면서 끼워주기만 하라는 친근한 말투였다.

여덟 시 전에 실내 공기를 데워야 했다. 경옥은 가게에 들어오자마자 온풍기를 작동하고 에코 가방 둘 자리로 갔다. 수납장을 열자, 에코 가방이 이미 들어있었다. 몸이 한쪽으로 기울었다. 문자라도 남길 걸 그랬어. 뒤늦은 후회였지만, 그쪽에서 전화가 먼저 오지 않은 점이 개운하지 않았다. 그래도 가방을 뒤지지 않았으니까. 경옥은 나름대로 떳떳했다. 중요한 물건이 있었으면 어제 전화가 왔겠지.

'여덟 시' 손님은 서 원장 때부터 단골이었는데 씀씀이도 화끈한 사람이었다. 긴 시간 단골이면 텃세 부릴 만도 했다. 오히려 이른 시간 끼워줘서 고맙다며, 먹기 아까울 만큼 윤기가 흐르는 천혜향 한 상자를 카운터에 내려놓았다. 인체의 기와 혈을 운행하는 경락을 '여덟 시' 손님은 유난히 선호했다. 대체로 십 회 회원권을 끊어 일주일이나 보름에 한 번씩 마사지를 받는 손님이 대부분이었다. '여덟 시' 손님은 달랐다. 플렉스를 하는 것처럼, 일주일에 두세 번씩 받을 만큼 횟수가 잦았다. 유독 신경 쓸 일이 많은 연말에 경락마사지 효과를 톡톡히 본다고 했다. 경옥은 '여덟 시' 손님의 등과 어깨와 다리에 혈 자리를 제대로 찾아서 만졌다. 누르고 문지르고 비비고 찌르면서 손쓰기의 종류를 다양하게 사용했다. 뭉쳐있는 근육들이 되살아나는 묘기가 펼쳐졌다. 경옥이 좋아하는 시간, 오히려 힘을 얻는 시간이었다.

예약이 밀리는 곳이 바로 경옥의 경락마사지 가게가 될 거야. 경옥 씨는 하나를 알려주면 열을 받아들이는 타고난 재능이 있어. 개업도 경옥 씨 결정이 오래 걸린 거지. 서 원장의 고무된 음성은 기억 속에서 경옥에게 힘을 보냈다. 경옥은 단골손님을 그대로 넘겨 준 서 원장 덕이라고 했고, 서 원장은 경옥의 마사지 솜씨를 높이 세웠다. 거의 헐값에 가게를 넘긴 서 원장의 배려를 경옥은 잊을 수 없다.

천혜향 빛깔을 보며 경옥은 어깨를 활짝 펴고 자세를 꼿꼿하게 세웠다. 남편을 향한 불안의 발로로 불쑥불쑥 치밀어 오르던 긴장 감도 누그러져 갔다. 드립백에 물을 붓고 커피 향을 코로 마셨다. 노력한 자에게 주는 신의 선물 같았다. 아까부터 뭔가 마무리 짓지 못한 일이 생각을 가로막았다. 찜찜했다. 커피를 마시면서도, 잠깐 스트레칭을 하면서도 끈질기게 따라다녔다. 예약 일정표를 확인하 려는 참에 그제야 실마리가 풀렸다. 에코 가방이 눈에 잡혔다. 어제 걸었던 번호로 다시 전화를 걸었다. 여전히 받지 않았다. 이번에는 문자를 남겼다. 다행히 바로 답장이 왔다. 며칠 안으로 찾아갈게요. 그때까지만 보관해 주세요.

그녀를 마사지하면서 경옥을 거스르던 느낌이 일순 살아났다. 툭 툭 뱉는 말, 씩씩거리는 숨소리. 금방이라도 무슨 일이 일어날 것 같아서 그녀를 달래듯 신경을 더 쓴 것이었다. 경옥은 바로 답장을 보냈다. 괜찮으면 내일이라도 꼭 오셨으면 합니다. 더 이상 답장이 오지 않았다. 불현듯 경옥은 딸이 엄마랑 커플이라면서 이왕이면 이름까지 새기자고 한 말이 떠올랐다. 딸은 버릇처럼 소중하게 여 기는 물건은 이니셜 남기기를 좋아했다. 경옥은 설마, 하면서 그녀 가 두고 간 에코 가방 위 테두리를 젖혔다. 후유. 스트레스가 너무

심했던 거야. 그래도 개업은 개업이라면서 딸이 와서 도와준다는 걸 경옥은 그럴 필요 없다고 한사코 거절했다. 미안함이었다. 거절의 이면에는 딸이 편하길 바라는 마음이 있었다. 딸을 향한 죄책감이 경옥을 코난 도일로 만들어 그럴싸한 추리소설이라도 쓰게 할 꼴이었다. 비슷한 가방은 얼마든지 있을 터였다. 전화를 받지 않은 이유도 있을 터였다. 가방을 바로 찾아가지 않을 만큼 소중하지 않은 터였다. 젖혀진 에코 가방 속에 검은색 카드 지갑과 그 아래로 불그스름한 파우치가 힐긋 보였다. 경옥은 경락 침대 구멍 커버를 교체하고 큰 수건으로 온열 돔을 덮었다.

*

그녀는 삼 일 뒤에 경옥 가게를 찾아왔다. 만난 지 불과 일주일도 지나지 않았는데 다른 사람 같았다. 겁에 질린 듯 입가가 단단히 굳어있었다. 몸은 잔뜩 움츠린 채 가게 문 앞에서 가방만 받으면 금방 도망갈 태세였다. 먼저 말을 걸던 그녀의 모습은 찾아보기 힘들었다. 둥근 프레임에 안을 볼 수 없는 짙은 색 선글라스를 착용하고, 무릎이 툭 튀어나온 암갈색 운동복 면바지와 거무스름한 때가 짙게 낀 민트색 패딩 잠바 소매 끝을 보아, 경옥은 뭔가 단단히 의심쩍었다. 그녀에게 들어와서 몸이라도 녹이고 가라고 말했다. 그녀는 의외로 선선히 가게 안으로 들어왔다.

"답답한데 선글라스 벗을래요? 차 한 잔 드릴까요?"

"아니…, 아니오. 가방….."

경옥이 그녀 곁에 다가가려고 하자, 그녀는 화들짝 놀라며 얼굴을 돌렸다. 짙은 안경알 너머에 그녀의 눈언저리가 파르댕댕했다. 벽시계 초침 소리가 실내를 가득 메웠다. 척. 척. 초침 사이로 억만 년이 끼어드는 것처럼, 시간이 느리게 지나갔다. 경옥은 다음 예약을 확인했다. 시간 변경이 어려운 손님이었다. 남은 십여 분의 시간을 빌려서 그녀의 지금 처지를 파악할 정보를 물었다. 사는 집, 직업, 그리고 때려잡고 싶은 사람은 때려잡았냐고. 딸 같은 마음에 두서없이 물었다며, 기분 나쁘면 말 안 해도 된다고 덧붙였다. 경옥은 따뜻한 캐모마일 차를 그녀 앞에 내밀었다. 그녀를 돕고 싶었다.

그녀는 대기업에 다니다가 지금은 쉬며, 상가 옆 신축 오피스텔에 거주했다. 환승 이별하려는 남자친구에게 배신감을 느껴 다퉜는데 지금이라도 남자친구가 마음을 돌리길 바랐다. 포기는 아직 보류 중인 것 같았다. 처음 만났을 때 비쳤던 수심 가득한 얼굴로 그녀가 자리에서 일어났다. 차가 미지근하게 식어 있었다. 그녀는 절반이나 남겼다. 진청색 에코 가방을 그녀에게 건네면서, 경옥은 당부하듯 말했다.

"말동무 필요하면 언제든지 나한테 전화해요. 엄마처럼 생각해도 돼요."

그녀가 가고, 예약된 손님들이 예외 없이 왔다 갔다. 경옥은 순탄하게 진행되는 예약 일정만큼 그녀와 재회도 물 흐르듯 자연스러운 기회가 생기길 바랐다. 경락마사지 필기시험 합격하고 실기를 준비할 때도 그랬다. 지금 가게에 걸어 놓은 자격증을 하나씩 하나씩 취득할 때도 그랬다. 경옥의 지금까지 인생이 그랬다. 금방 안 될 것 같고 지금 아니면 끝날 것 같아도, 묵묵히 자리를 지키고 있으면 기회는 다시 오곤 했다. 경옥은 오일을 발라 문지르고 뭉친 곳을 누르며 손님들에게 평소 이상으로 대했다. 문득 그녀의 남자친구가 궁금했다. 카드 지갑을 두고도 며칠 뒤에 찾으러 오게 할 만큼 그녀의 정신을 빼앗은 건 뭘까. 얻어맞고도 단숨에 헤어지지 못하는 이유는 또 뭘까. 미련으로 휘감긴 듯한 그녀의 얼굴이 경옥의 생각을 시나브로 가져갔다.

겨울밤은 어둠을 더 짙게 깔았지만, 경옥의 궁금증까지 어둡게 하지는 못했다. 퇴근길에 부는 찬바람도 경옥의 열정을 식히지 못했다. 상가를 빠져나와 밤하늘을 향해 치솟은 오피스텔을 쳐다보며 경옥은 추위와 맞섰다. 찬바람이 휙휙 경옥의 커트 머릿속을 후벼댔다. 경옥은 오리털 잠바에 달린 모자를 얼굴이 쑥 들어가게 덮었다. 마치 잠복근무하는 경찰처럼 뭐라도 찾아낼 자세로 미동도 하지 않고 한참 서 있었다. 아무 일도 없었다. 그녀에게 물어보고 싶은 말이 오피스텔 높이만큼 켜켜이 쌓여 갔다. 그 남자한테 왜 그렇게 집착하냐고. 도움 청할 가족이나 지인은 없냐고.

한해를 무의미하게 보내서 안타깝다는 듯 이따금 술에 취한 사람들이 터벅터벅 경옥 앞을 지나갔다. 늦은 시간 잰걸음으로 퇴근하는 아주머니도 장갑 낀 손에 검정 비닐봉지를 들고 지나갔다. 고소한 튀김 냄새도 지나갔다. 세상은 가는 해를 밀고 오는 해를 당기느라 분주했지만, 그녀에게는 조용한 밤 같았다. 흘러내린 에코 가방을 걸쳐 메며, 경옥은 삼 년 전 그날을 떠올렸다. 선뜻 딸에게 먼저 전화를 걸지 못하게 하는 그날. 그날 후로 궁금한 건 딸이 전화하면 몰아서 물어보게 되었다. 기억을 더듬어보니 딸이 진청색 에코 가방을 그 무렵부터 들고 다니지 않은 듯했다. 경옥은 딸에게 전화를 걸었다.

"박민지, 엄마 안 보고 싶었니?"

"나는 엄마가 매일 보고 싶어도 엄마가 먼저 전화하길 기다렸지."

딸은 경옥을 기다리고 경옥은 딸을 기다리느라 오히려 감정교류가 가로막힌 모녀였다. 경옥은 딸이 자라는 동안이나, 삼 년 전이나, 지금이나 딸 마음을 헤아리는데 둔했다. 오십 중반이 되어도 진전없는 모습을 보니, 전화를 걸어 놓고 한숨부터 나오려는 걸 참았다.

"민지야, 너 엄마랑 인사동에서 산 에코 가방 있잖아. 아직 가지고 있지?"

"엄마, 그거⋯."

딸은 말을 흐리더니 아예 멈췄다. 경옥은 괜한 말 했구나, 싶어 다른 화제를 찾았다. 딸이 천천히 다시 말을 이어갔다.

"그 남자랑 아빠 보란 듯이 결혼한다고 신혼집에 내 물건 다 가지고 갔잖아. 후유. 결국 사기였고, 나 말고 당한 여자가 더 있었고…. 그때 거의 다 버렸어. 나중에 에코 가방 없어진 걸 알았는데 아무래도 그때 같이 버린 거 같아. 그게 삼 년 전이잖아. 그 가방 내가 진짜 좋아했는데. 엄마도 그랬고. 미안해 엄마."

한숨으로 말을 잇는 딸이 가여웠다.

"아니야, 엄마가 미안해."

섣부른 반항을 반성이라도 한 듯 딸은 집 떠나 직장 생활하면서 근근이 지냈다. 어느새 먼저 미안하다고 말할 만큼 단단해져 있었다. 경옥은 눈보라가 휘몰아쳐도 끄떡없이 살아내서 반복되는 미련과 원망을 끊어내자고 딸에게 약속했다. 그리고 망설이던 말을 꺼냈다.

"민지야, 이제 집에 들어오면 어떨까? 엄마 가게도 좀 도와주면 좋겠어."

딸은 얼른 대답하지 못하고 휴대전화 안에서 옅게 흐느꼈다. 밤을 밝히는 도심의 불빛이 경옥을 중심으로 쏟아지는 듯했다. 좁쌀 같던 눈이 밥알만큼 커져서 경옥을 쓰다듬듯 내렸다. 눈은 가로등 불빛에 더 반짝거렸다. 하얀 눈이 가만가만 쌓이듯 밤이 점점 깊어져 갔다.

*

눈길을 예상하고 경옥은 일찍 출근했다. 오피스텔을 지나올 때 혹시나 그녀를 만나지 않을까 싶어 고개를 두리번거렸다. 제설차가 탁탁거리며 지나가는 소리가 상가로 들어가는 경옥의 귀에서 점점 멀어져 갈 뿐이었다. 경옥은 망설이지 않고 그녀에게 전화를 걸었다. 그녀는 받지 않았다. 문자를 남겼다. 그녀는 답장하지 않았다. 오전 예약 손님이 다녀가고 경옥은 다시 전화를 걸었다. 여전히 받지 않았다. 오후도 그랬다. 마지막 시간 예약 손님은 젊은 아가씨였다. 경옥의 딸만큼 예쁘장한 얼굴에 몸매도 다부진 것이, 보고만 있어도 흡족했다. 경옥은 딸이 온 것처럼 반색하며 얼굴 경락마사지를 마무리했다.

밤이 되니 기온이 더 떨어졌다. 눈길이 얼어서 땅바닥에 시선을 두고 걸어야 했다. 경옥은 오피스텔 앞에 서서 그녀 집을 알아낼 것처럼 꼭대기 층부터 훑어 내렸다. 감사 선물하라는 광고문구가 경옥을 불렀다. 개업 날 봤던 서 원장의 해어진 속옷이 생각났다. 속옷 가게 중에 유독 화려해 보이는 속옷을 입은 마네킹 쪽으로 들어갔다. 경옥 씨, 하며 눈물이 피어오르는 눈동자를 지어낼 서 원장의 표정이 벌써 머리에 자리 잡았다. 순간 몸 전체로 뜨듯한 온기가 퍼졌다. 받은 사랑을 되돌려 주며 이제는 주위로 넓혀가려는 처지가 기꺼운 자신감을 일으켰다.

경옥은 여전사처럼 칼날 같은 바람도 쳐내며 서너 걸음 앞으로 걸었다. 그때였다. 그녀가 산다는 오피스텔 주차장 입구에서 애걸복걸하며 흐느끼는 여자의 음성이 들렸다. 반사적으로 몸을 돌렸다. 대거리하는 사람은 강력 접착제라도 떼어낼 기세로 여자를 뿌리쳤다. 허우대며 틀거지가 그럴듯했고 목소리도 사뭇 굵었다.

"이제 너 싫다고 했잖아. 제발 그만 헤어지자."

사람들이 북적이는 시내 중심상가였다. 연말을 기다린 캐럴과 요란스러운 사람들의 음성이 빈틈없이 사위를 장악했다. 그럴지라도 그 목소리는 묻히지 않고 돌올하게 경옥의 귀속을 파고들었다. 경옥은 직감에 이끌려 주차장 쪽으로 발걸음을 옮겼다. 직감은 직감일 뿐이길, 이번에도 추리소설을 쓰는 중이길. 마음 깊숙이 최면을 걸며 발부리로 걸었다. 흐느끼는 여자가 소리치는 남자를 잡으려고 고개를 들었다. 경옥은 무거운 탄식을 내뱉었다. 그놈을 때려잡을 궁리를 하다가 아직 포기를 보류하고 있던 그녀였다. 안 되면 포기한다고 했는데. 경옥이 애타게 만나길 원했던 그녀가 남자친구의 오른팔을 잡았다. 온몸을 털 듯 상체를 뒤틀던 남자친구가 풀려 난 팔을 허공으로 향해 들어 올렸다. 순식간이었다. 경옥은 남자의 가슴을 향해 맹렬하게 달려들며 소리쳤다.

"그건 안돼. 그만해!"

남자친구는 뒤로 처박히듯 자빠지더니 땅바닥에 나동그라졌다. 경옥은 그녀를 피에타 조각상처럼 안고 말했다.

"일어나요. 아가씨가 얼마나 소중한 존재인데. 내 손 잡아요."

그녀는 울음을 터트렸다. 눈물 줄기에 그녀의 사연이 흘러내는 것 같았다. 경옥은 그녀의 상황이 달라지기를 간절히 바랐다. 어느새 그녀를 빛 가운데로 이끌겠다며 주먹을 꽉 쥐었다. 시선 너머로 삼 년 전 그날이 경옥의 기억에서 풀려나왔다. 그날 딸은 사기 결혼을 알렸다. 집을 딸 명의로 한다는 그 남자 말에 속아 도장을 찍어 쳤다가 결국 빚까지 지는 사기를 당했다는 것이었다. 남편은 격분했고 술기운까지 더한 상태여서 결국 딸에게까지 폭행이 옮겨졌다. 첫 번째 남편의 손이 딸 얼굴로 떨어질 때는 막지 못했지만, 두 번째는 경옥도 가만 있지 않았다. 등치로 따지면 남편한테 지지 않는다는 걸 그전에는 왜 몰랐는지. 무엇보다도 딸까지 대물림하는 폭력은 용납할 수 없었다.

"그건 안돼. 더는 안돼!"

경옥은 몸을 던져 딸을 지켰다. 포효하듯 날뛰는 남편과 맞서느라 집안은 초토화 상태였다. 경비아저씨 신고로 남편은 경찰서에 구류되었다. 현장 물증과 경옥이 그간 병원에서 받았던 치료기록까지 증거가 되었다. 남편은 삼 년 형을 선고받았다.

*

마사지 가게 사장으로 경옥은 한 달을 보냈다. 남편이 출소하는 날을 기억하고 서 원장이 가게를 찾아왔다. 겨울이 깊어 가는 새해였다. 서 원장을 따라 들어온 찬바람이 온화한 실내 공기에 스미듯 바로 섞여 버렸다.

"민지 아빠 출소일이 오늘이지? 연락은 왔어?"

말 안 해도 안다는 듯 서 원장이 경옥 등을 어루만졌다. 서 원장이 속삭였다. 물러서지 말라고, 예전의 경옥이 아니라고, 복수하려면 한번 해보라고. 경옥의 마음을 훤히 꿰뚫고 있었다. 경옥은 예약 손님들 시간과 명단을 확인했다. 보름 전 마사지 부위를 운운하며 불만을 내비친 손님이 오전에 포함되어 있었다. 만회하려면 신경을 더 써야 했다. 팔을 뻗어 스트레칭을 하려는데, 찬바람이 들어온다 싶더니 딸이 캐리어를 끌고 들어왔다. 금방이라도 봄이 올 것처럼, 딸은 햇살 품은 얼굴로 웃고 서서 경옥과 서 원장을 바라봤다. 경옥은 급히 일어서느라 헛디딘 발을 다잡으며 딸을 힘껏 껴안았다.

"잘 왔다. 내 딸. 엄마 너무 바쁜데. 오늘부터 여기 취직하는 거다."

딸 눈자위에 눈물이 그렁그렁 맺혔다. 곧 쏟아질 것 같은 눈물이 아콰마린처럼 빛났다. 어느 틈에 벨이 울렸는지 서 원장이 경옥 손아귀에 휴대전화를 찔러주었다. 짐작한 일이 온 것이다.

"나야."

차분한 음성이었다. 남편이었다. 삼 년 동안 숱하게 상상하던 순간이 왔다. 화를 내고 끊어 버릴까. 사람 그토록 무시하더니, 꼴 좋다고 실컷 비아냥거려 줄까. 앞으로 얼씬도 하지 말라고 할까. 너 따위를 안중에 둘 만큼 이제 한가하지 않다고 핀잔을 줄까. 아니면 냉랭하게 안부를 물을까. 번득 개업 날 정리한 내용이 떠올랐다. 남편은 나지막한 숨소리를 들릴 듯 말 듯 휴대전화로 전할 뿐 아무런 말이 없었다. 경옥은 금빛 천으로 반짝이는 경락 침대 위에 앉았다.

"…."

"…."

"이제 어떻게 할 거야?"

뚜뚜. 모르는 전화번호가 액정에 떴다. 경옥은 통화 대기를 걸어 놓고, 걸려 온 전화를 받았다.

"여보세요?"

"경옥 마사지 숍이죠? 지인 소개 받고 전화하는데요. 예약 잡으려고요."

경옥의 얼굴에 윤슬 같은 미소가 번졌다. 경옥은 신차를 알아봐야겠다고 생각했다.

그의 손톱

후유. 어머니의 한숨 소리가 들렸다. 화장실 문 세차게 닫는 소리에 내 방 창문이 덜컹거렸다. 거실을 오가는 어머니는 발뒤꿈치만으로 걷는 것 같았다. 쿵쿵. 아침부터 집안 공기가 무겁게 가라앉았다. 민철은 제 방에 쥐 죽은 듯 누워있었다. 실업자 신세에서 터득한 방법이다. 다 큰 놈이 사람 구실 못하면 어디다 쓸 거냐고 강론을 펼치는 어머니를 피해야 했다.

간밤에 연설 시간이 백 분 넘었는데 아무래도 모자란 낌새였다. 튀기는 침을 고스란히 대면한 보람도 없이, 어머니의 한숨 끝에 재방송이 흘러나왔다. 애청자도 없이 무작위로 흐르더니, 천둥 같은 탄식을 던지고 입을 다물었다. 천만다행이다. 어머니의 출근 시간이 민철을 구원한 것이었다. 방문을 닫고 이불로 귀를 막아도 방송 중단만이 특효약이다.

어머니 나가셨어요. 이제 나오세요, 라고 도어락이 전해주었다.

띠리릭. 이불을 얼굴에서 걷어 내자, 보름달 전등이 민철의 시선으로 달려들었다. 집에 있을 때는 전깃불도 아껴라. 고개를 틀었더니 두툼한 책이 책상 가장자리에 간당간당 걸쳐 있었다. 집에 있으면서 책상 정리도 안 하냐. 홀러덩 벗어놓은 양말에서 퀴퀴한 냄새가 끼어들었다. 빨래 바구니에 가져다 놓기도 어렵냐. 자르지 않은 민철의 손톱처럼 잘리지 않는 음성이 꼬리에 꼬리를 물었다. 방 안에 있는 물건마다 어머니 음성이 재생되었다. 시선만 응시하면 자동 재생되는 마술을 걸어 놓은 듯.

눈을 질끈 감고 얼굴을 죄듯 이불을 덮었다. 물체도 눈빛도 끌어모아서 어둠에 가둘 요량이었다. 불현듯 어둠 속에서 말발굽 소리가 들리더니 땅을 때리며 교차하는 네 발이 불을 발화할 것처럼 바쁘게 움직였다. 주위가 이글거렸다. 말 위에 탄 사람은 누굴까. 말 탄 자가 말고삐를 잡아당겼다. 기억이 불러낸 사람, 초등학생 민철이였다. 개선장군처럼 나타나서 길을 안내하자, 따라 들어갔다.

축구 시합이 있는 날이었다. 민철은 전날 패배를 씻어야 했다. 새벽에 눈을 떴다. 패배의 사유가 자신의 실수라고 단정 지었기 때문이다. 두고 볼 수 없는 노릇이었다.

사건의 경위를 정리하면 이랬다. 축구를 누가 잘하냐고 친구들끼리 괜한 자존심 겨루기가 시작됐다. 심심풀이 땅콩이 중요 재료가 되는 시간은 오래 걸리지 않았다. 한 점, 두 점. 점수가 벌어지자, 얼굴마다 진지함이 내걸렸다. 동점이 되었다. 어느 순간 반 친구가 민철에게 공을 어시스트 했다. 옆 반 날쌘돌이가 날름 가로채서 제 반 공격수 진영로 뻥 걷어찼다. 하필 그것이 눈덩이처럼 커지더니, 종료 몇 분 남기고 골이 들어간 것이었다. 그대로 경기가 끝나고 말았다. 조준도 제대로 해보지 못한 공이었다. 내 기회를 빼앗아 놓고 승리까지 거머쥐다니. 꿈속까지 찾아온 공을 되찾아와야 했다. 날쌘돌이 기가 펄펄 살아서 으스대는 꼴도 못 볼 일이었다.

민철의 각오는 날쌘돌이를 보기 좋게 꺾었다. 민철이 걷어찬 공이 결정적이었다. 패배의 기억은 승리의 기억으로 전환됐다. 결승 골이라고 들어는 봤나? 초등학생 민철은 개선장군이 되었다. 친구들 함성으로는 부족했다. 어머니의 환대로 마침표를 찍고 싶어서 친구들을 거느리고 집으로 왔다. 땅거미가 지는 시간이었지만 어머니는 아직 돌아오지 않았다. 허기가 긴장을 풀었다. 밥통을 열어보니 밥이 쏠쏠했다. 밥통 채로 들고 소싸움에서 이긴 소처럼 우적우적 씹어 삼켰다. 어머니의 무김치는 고기반찬 부럽지 않았다. 친구들 입까지 더하니, 밥통이 바닥을 보이는 일은 당연지사였다. 배가 불러오자, 몸이 스르르 방바닥으로 쓸어내려 갔다. 그러나 의식은 아직 말 등에 앉은 개선장군이었다. 내 새끼 잘했네. 잘했어, 라고 말해 줄 어머니를 기다리는 중이었다.

어머니는 평소와 다르게 늦게 퇴근했다. 퉁퉁 부은 얼굴과 시큼한 냄새를 달고 들어왔다. 종일 노동 현장에서 땀으로 뒤섞인 증거가 역력했다. 저녁부터 먹자. 오자마자 씻는 순서를 깨고 밥부터 찾았다. 어머니는 정해진 순서를 법칙처럼 지키는 사람이었다. 대뜸

밥통을 열었다. 곧 쓰러져 가는 목소리로 밥은? 하고 묻는데, 일대
백도 해치울 목소리로 민철이 뒷말을 이었다. 아까 친구들이랑 먹
었어.

"철없는 놈. 어디다 쓸 거야. 학교 다녀왔으면 공부나 더할 것이
지 친구들은 떼거리로 몰고 와서 밥을 다 쓸어 먹어. 저 철없는 놈
을 도대체 어디다 쓸 것이야."

밥의 사용 목적을 인지시키기 위해 힘을 아껴둔 것처럼 어머니
의 목소리는 앙칼지고 찰졌다. 민철도 궁금했다. 어머니한테 쓸모
없으면 도대체 어디에 쓸모가 있을지.

꺼어꺼링 꺼어꺼링. 핸드폰 알람 소리가 괴상하게 들렸다. 서른
문턱에 있는 민철에게 숨을 끊을 테니 죽음을 준비하라는 통보처
럼 울렸다. 초등학생 민철을 급하게 떠나보내고 이불을 매몰차게
걷어찼다. 발버둥질하며 악을 썼다. 그만 닥쳐. 나는 아직 죽지 않
아. 어어! 민철은 어머니가 없는 집에서 혼자 대장이었다. 계속 누
워있어도 되고 악을 써도 되었다. 비열한 자식, 쓸모없는 자식 하
면서, 어머니의 샌드백이라 여기는 자신을 재정비하는 방법이었다.
어머니의 강론을 반복 청취하려면 필요한 시간이리라.

중·고등학생 때도 그다지 쓸모가 없었고 대학생 때도 그랬다.
제대하고 취업해서 돈을 벌면 어머니가 원하는 쓸모 있는 사람이
되지 않을까, 싶었지만 취업 문도 첩첩산중이었다. 아르바이트 탐
방이라도 하듯 친근한 업종은 야금야금 섭렵해 가는 중이었다. 편

의점, 주유소, 광고지 배포, 택배 물류업, 건물 청소. 9급 공무원 시험은 왜 빼냐고, 책상 위에 책이 민철의 시선을 붙잡았다. 그것은 아르바이트가 아니잖아.

알람의 주인공은 해자였다. 내일은 뭐 할 거냐는 어머니의 추궁에, 친구가 일자리 소개해 준다고 해서 만나기로 했어, 라고 뱉은 말이 화근이 되었다. 민철을 못 믿는 어머니에게 증거 여기 있잖아, 하는 투쟁으로 설정한 알람이었다. 무의식이 해자를 만만하게 여기고 있다고 알려준 것인가. 아니면 기억에 깔린 다른 일이라도 있는지. 문득 민철의 기분을 살피던 해자의 시선이 붕 떠올랐다.

민철은 방금 알람을 끄던 의지로 해자에게 문자를 전송했다.

'해자. 오늘 퇴근하고 뭐 해?'

바로 답장이 왔다.

'별일 없는데. 우리 내일 만나기로 했지?'

민철은 기억을 긁어내서 뒤졌다. 어머니가 출연한 생방송과 재방송만 편집되었다. 잘라냈다. 짧게 더 짧게. 그래도 없었다. 내일을 오늘로 당겨와서 만들면 되는 거 아닌가. 민철은 솟구치는 의지를 외면하고 싶지 않았다.

'기억하지. 근데, 그거 오늘로 바꾸면 안 될까?'

'예약해 놨는데. 오늘로 가능한지 확인하고 톡 할게.'

예약이 변경되지 않으면 다른 장소에서라도 만나야 했다. 해자 마음이 바뀌기 전에. 해자가 민철의 기분을 살핀 연유가 사그라들기 전에. 만난 지 두어 달이 넘어가면 찾아오는 저주가 발동하기 전에.

버스에서 내려 네이버 지도를 켰다. 예약변경은 됐는데, 장소를
찾기 쉽지 않았다. 들고나온 가방이 자꾸 다리에 부딪혔다. 어머니
추궁에서 도피를 도울 가방이 불만이 있다는 듯이, 지난밤 무심코
뱉은 말에 비상구가 이것밖에 없냐는 듯이 걸을 때마다 갈 길을 툭
툭 막았다. 해자와 만남은 직장알선이 아니었으므로 당장 대책이
필요했다. 며칠 잠적을 발걸음에 새기며 민철은 왼쪽 입가를 한껏
끌어 올렸다.

상가 입구로 들어갔다. 불 꺼진 가게가 많았다. 코로나 때문인가.
자신의 갑갑한 청춘에 한배를 타는 이웃이 있는 듯해서 어깨가 으
쓱해졌다. 쓸모없는 놈이 못되기까지 하네. 어머니의 음성 자동 재
생 장치가 어깨에도 설치된 기분이었다.

코너를 돌면 410호다. 오른쪽이라고 판단하고 돌았는데 아니었
다. 반대편으로 몸을 틀었다. 코발트색 선팅 필름이 상가 유리창 아
래를 전부 감쌌다. 위로 절반은 흰색. 일식집이라더니 외관이 이게
뭐야. 해자가 그러면 그렇지. 나 같은 놈한테 이 정도도 감지덕지하
지. 민철은 바닥으로 곤두박질하는 자아 뒤에 숨어서 문을 밀쳤다.

해자가 바 의자에 앉아있었다. 민철이 얼른 눈을 한 바퀴 돌렸다.
티 나지 않게. '이 정도'라고 하기에 무안할 정도로 실내는 정갈했
다. 긴 원목 형태의 테이블 주위로 원목 바 의자가 놓여있고 실내
에 원목 테이블 세 개와 테이블이 끝나는 부분에 아치형 문이 있었

다. 허리 앞치마를 두른 여자가 음식을 들고 들어갔다. 문 너머에도 손님이 들어갈 공간이 있는 것이 규모가 만만치 않았다.

잠시 후 젊은 남자가 느린 동작으로 걸어 나왔다. 민철은 네이버 지도를 잘 따라오다가 넘어진 것처럼 움찔하고 놀랐다. 감히 와서는 안 되는 손님처럼. 민철은 귓불을 잡아당겼다. 그의 옷차림은 일식집을 보란 듯이 광고했다. 각진 모자는 손이 닿으면 금방이라도 벨 듯하고, 가슴을 여민 요리복은 허리를 감싼 앞치마와 한껏 아우라를 뽐냈다. 올 검정으로 차려입은 그를 보면서 민철은 숨쉬기가 곤란할 정도였다. 민철은 해자가 따라주는 물을 마시며 그 남자를 계속 살폈다. 셰프, 요리사군. 몇 살이나 먹었을까. 그때 그가 부드럽고 친절한 말투로 말했다.

"반갑습니다. 아까 급하게 예약 변경하신 분 맞죠?"

해자가 물 좋은 횟감이라도 기대한다는 듯 탱글탱글한 목소리로 대답했다.

"네, 남자친구가 오늘 오고 싶다고 해서요."

그랬다. 해자는 민철에게 항상 맞추었다. 피시방에서 처음 만났을 때, 민철은 해자에게 시비를 걸었다. 다짜고짜 조용히 하라고 했다. 해자는 오히려 악수를 청할 정도로 시원시원하게 다가왔다. 거기다 씀씀이까지 컸다. 통 큰 해자는 저 자신도 쓸모없다고 여기는 민철을 보살폈다. 일식집은 아르바이트를 전전하는 민철에게 복권 당첨 같은 음식점 아닌가. 호의는 점점 당연지사가 되어갔다. 민철은 자신이 해자보다 위에 있다고 자신하는 단계에 다다른 것이었다. 함부로 하는 일도 잦았다. 만난 지 두 달 만에. 민철은 목청을 가다듬었다. 지금은 역량 발휘 못 하고 있을 뿐이라고 알려주는 것처럼.

해자가 주문을 확인했다. 민철이 최고야 하는 어투로 들렸다.

"오마카세로 예약했는데."

"똑같은 메뉴를 취소하신 분이 계셔서 다행이에요. 아무래도 여자친구가 귀인인가 봅니다."

무슨 귀인까지. 민철은 눈을 희번덕거리며, 음식을 준비하는 요리사의 뒤통수를 째려보았다. 해자 칭찬은 민철의 전매특허였다. 그렇다고 동조하듯 눈꼬리와 눈두덩이도 제자리를 이탈하려고 야단이었다. 경고장을 내밀려는 찰나에 경고음이 들렸다.

쾅! 요리사가 밥통을 세차게 닫았다. 순간 민철은 입술을 핥았다. 그는 몸을 돌리더니 하얀 행주를 들었다. 그의 등장에 놀랐던 민철은 이번엔 그의 손에 존경을 표하듯 상체를 앞으로 내밀었다. 방금 그렇게 폭탄 터진 음을 제작할 손이 아니었다. 손마디가 고랑만 일군 사람처럼 굵고 투박하지만, 뭐든 닿기만 해도 좌르르 흐를 윤기를 발산했다.

저 손으로 만든 초밥을 먹겠군. 당신에게 오늘 내 입을 맡겨보지. 기세에 눌리지 않으려면 허세라도 채워야 했다. 민철은 일식집을 제집 들락날락한 사람처럼, 양팔을 교차해서 팔꿈치에 끼워 넣었다. 턱을 비틀어 들었다. 입술을 다물어 양 끝으로 밀었다. 이 정도야 자신이 일부러 가보지 않았을 뿐이니까, 어디 한번 만들어 보라는 자세로.

　주방은 요리사 혼자서 감당했다. 민철은 번개처럼 시간을 돌렸다. 어제저녁, 어머니가 양손을 무겁게 하고 퇴근했다. 식사를 마치고도 꽤 늦게까지 주방에서 툭탁거렸다. 싱크대 물소리. 도마 위로 내리치는 칼 소리. 덜그럭거리는 그릇 소리. 바스락바스락 비닐봉지 소리. 정적이 흐른 뒤 뭉개지는 알 수 없는 소리. 잔치할 일도 없는데, 실컷 먹여 놓고 집에서 쫓아내려는 건 아니겠지. 방에서 혼자 조바심냈다. 그러다가 어머니에게 인생 강론을 들은 것이었다. 시간이 현재로 오자, 한쪽 귀로 들어와서 한쪽 귀로 빠져나가는 음성이 속삭였다. 쓸모없는 놈. 어디다 쓸 거야.

　커다란 밥통, 대나무를 얽어 만든 찜기, 횟감이 들어있을 작은 냉동고. 민철이 아는 것은 거기까지였다. 하얀 행주를 만지던 요리사의 손이 움직였다. 민철은 긴 테이블 끝 좌석에 앉아 있는 해자에게 미소를 보내며 바로 옆 좌석에서 등을 세우고 허리를 곧추세웠다. 일자리 구하러 친구 만난다는 약속은 깍깍 우는 까마귀한테 던져 버렸다.

　재첩국과 '차완무시'입니다.

　요리사의 음성은 해자의 음성보다 탱글탱글했다. '차완무시'가 뭔가 싶어 그것부터 숟가락을 댔다. 부드러운 달걀찜을 꼭 그렇게 불러야 하나. 허파에서 바람을 피식 빼는 기분으로 기대를 사정없이 구기고 입을 오물거렸다. 민철은 요리사가 주는 대로 먹기에 응하면 되었다. 코스가 다 끝날 때까지 자기 허세가 들통나서 창피를 당할 일은 없을 것이라고 안심했다. 해자가 뽀얀 달걀찜을 한입 넣었다.

"우리 엄마가 이거 참 잘하시는데."

후딱 삼키고 씽글거리며 말했다. 민철이 젓가락 끝으로 테이블을 탁탁 쳤다. '해자야, 조용히 해. 달걀찜에 엄마라는 단어가 섞여서 안 넘어가잖아.' 민철은 제 생각을 알라는 듯 반복해서 쳤다. 탁탁. 해자의 볼이 벌겋게 물들었다.

대광어 초밥입니다. 도미 등살 초밥입니다.

요리사가 초밥을 접시에 올려놓기 바빴다. 초밥 이름을 불러주지만, 민철은 허세를 숨긴 눈빛으로 고개를 끄덕일 뿐이었다. 몰라도 질문할 수 없었다. 민철이 아는 생선 이름이 들리면 그런가 보네, 하면서 냉큼 먹어 치우기 바빴다. 그의 손에 배인 윤기가 민철의 입맛을 고스란히 빼앗고 말았다.

회도 초밥도 민철의 선호 식품이었지만 맛을 알면서 먹을 만큼 넉넉하지 않았다. 구미 당기는 대로 가까이하기에 민철의 주머니는 홀쭉했다. 뭔가를 진득하게 좋아하지 못하는 이유도 있을 것이다. 덕택에 그 속이 들통나기 전에 튀는데 이골이 나 있었다. 사람이든 직업이든 취미든 음식이든 두어 달을 넘기지 못하는 저주 같은 버릇이었다. 우월한 대접을 받는 자리만 찾아다니다가 생긴 것이다. 시간이 쌓이면 헌신하게 되며, 헌신은 의존성을 키우고, 의존하면 찬사를 받지 못한다고 생각했다.

참다랑어 뱃살 초밥은 가장 고급 횟감이라고 했다. 칼집을 깊게 내어 그 위에 소금을 약간 뿌렸는데, 입안에서 순식간에 사라졌다. 고급음식을 먹기 위해 민철이 너는 무엇을 했니. 회를 자르는 칼날과 먹어 치우는 민철의 치아가 합심해서 묻는 듯했다. 손으로 귀를 틀어막고 싶었다. 피부가 오도독 튀어 오르는 것 같았다. 쓸모없는 놈. 민철은 바 의자 안으로 엉덩이를 밀어 넣었다. 사실을 감추듯 씹던 입을 멈추고 고개를 돌렸다. 어머니가 여기에 올 일이 없잖아. 민철은 입속에 맴도는 말을 침과 함께 삼켰다.

요리사가 끼어들었다.

"달걀찜이 계속 맴돌아서요. 어머니가 달걀찜 잘하신다고 하셨죠? 저희 어머니가 생각나네요. 제가 달걀찜을 좋아해서 어머니가 자주 해 주셨어요. 어느 비 오는 날이었는데, 달걀찜을 너무 먹고 싶은 거예요. 학교 다녀오자마자 어머니를 졸랐죠. 어머니 표정이 평소와 다르다는 느낌은 있었지만, 별일 아니라고 생각했어요. 몇 번을 말해도 대답 없던 어머니가 갑자기 소리를 지르시는 거예요. 쓸모없는 놈. 어디다 써. 조용히 해, 하면서요."

민철의 귀가 익숙한 단어에 쫑긋했다. 분위기를 바꿔야 해. 다음 음식이라도 어서 나와야 하는데. 민철은 갑자기 빈 접시를 들었다 투박하게 내려놓았다. 전혀 아무것도 안 먹었다는 표정으로 시치미를 떼면서. 그때 잘 먹고 갑니다, 하며 남자 두 명이 요리사를 향해 인사했다. 원목 테이블에 있던 손님들이 가고 손님이라고는 민철과 해자만 남았다. 둘은 요리사를 마주 보고 앉아있었다. 그래서였을까. 민철은 요리사가 종결하지 못한 일화를 다시 끄집어 올 거라고 직감했다. 달걀찜 사건 이후 요리사의 행로. 지금의 그는 어떻게 여기까지 왔는가. 기대하라는 신호처럼 그가 하얀 행주를 잡았다.

대나무 밥통 안에서 요리사의 손목이 춤을 추었다. 알을 낳듯 뭉친 밥을 꺼내서 칼집을 깊게 넣은 회를 얹었다. 그 위에 간장을 검지로 찍어 초밥 위에 살짝살짝 찍었다. 민철의 시선은 손에서 손톱으로 좁혀 갔다. 바짝 자른 그의 손톱은 일등 초밥을 만들겠다는 듯 말끔했다. 손등의 윤기가 손톱으로 스며들어 간 것 같았다. 화룡점정을 찍은 손톱은, 바르고 남은 간장에 둘려서 윤곽이 더 또렷했다. 그 손톱은 민철 앞으로 초밥을 내려놓고 손을 따라 접시를 떠났다. 민철은 방어 초밥을 젓가락으로 집어서 입을 벌리고 혀에 내려놓자마자 입을 오물거렸다. 맛이 깊었다. 윤곽이 또렷해진 손톱만큼 초밥이 혀 위에서 깊은 맛으로 녹아들었다. 새로운 초밥을 요리사가 접시에 내려놓으며 자신감 있는 어투로 말했다.

"민어 초밥입니다. 민어의 쫄깃함을 느껴보세요. 제가 싱싱한 횟감을 위해 새벽부터 움직입니다. 손님들의 기쁨이 저의 기쁨이지요."

민철이 해자를 쳐다보며 턱을 주억거렸다. 해자는 요리사를 향해 미소를 짓더니 젓가락질했다. 민철의 허세가 해자의 웃음을 보더니 다시 튀어나왔다. 아까부터 묻지도 않는 말에 선수 치는 요리사. 괜한 교집합을 형성하는 요리사. 가만둬도 될까. 민철은 계속 음식을 씹고 싶었다. 다음에 나오는 음식은 괜한 트집이라도 잡아 볼까. 민철은 요리사를 채근하며 명령하듯 말을 던졌다.

"저희가 마지막 손님 같은데 속도를 팍팍 내시죠!"

"좋지요."

그의 대답은 초밥의 깊은 맛처럼 깊은 만족이 느껴졌다. 민철이 뭐라고 명령해도 나는 내 일에서 행복을 만들고 있다는 깊은 행복론 같은. 그의 손톱은 덩달아 행복해하는 모양새였다. 작달막하고 볼품없는 게 주방을 누비며 민철의 입을 두드려 잡았다. 초밥을 만들기 위해 손톱을 짧게 자르는 일은 초밥 횟감을 자르는 것처럼 당연한 일이었다. 당연함이 지루함으로, 지루함은 쓸모없는 가치로 평가되는 민철에게, 그의 손톱은 반란을 일으켰다. 생소하고 화려한 음식으로 비어있는 접시를 쉴 새 없이 공격했다.

"우니입니다. 고등어 초밥입니다. 튀김입니다."

트집을 잡을 수 없었다. 민철은 오히려 요리사를 우러러보며 음식에 빨려 들어갔고 반란의 소용돌이에 휩쓸려 젓가락질하며 의식 너머에서 춤을 추었다. 출구를 찾아야 했다.

"요리할 때 행복하시나요?"

해자의 뜬금없는 질문에 틈이 생기기는 했지만 당황한 쪽은 민철이었다. 들킨 속을 움켜쥐려는 자세로 어깨를 수그렸다. 요리사는 기다렸다는 듯이 '좋지요'를 말한 어투로 말했다.

"달걀찜 때문에 어머니한테 혼나던 날 요리를 하겠다고 결심했어요. 처음에는 반항심에 시작했지만, 재료를 준비할 때 이곳저곳 돌아다니면서 기분이 풀렸고, 재료를 씻고 다듬으면서 제 기분도 씻겼죠. 그리고 맛깔나게 요리가 완성되면 새로 태어나는 기분이 들었어요. 뭐랄까."

그가 말하는 동안 그의 손톱은 손을 따라 움직였다. 손톱만 움직이는 것처럼 보였다. 도마 위에서 허공을 자르고 찌르는 시늉을 하는 손을 빛내고 요리사 낯을 빛냈다. 민철은 그의 손톱에 시선을 내맡기며 그의 말을 머리에 기록하기 시작했다.

그는 어머니의 간섭을 피해 싱가포르로 유학을 떠났다. 어머니의 뜻을 거스르고 한 행동이라서 전혀 도움을 받지 못했다. 집을 벗어나서 가지는 자유, 어머니가 찾아올 수 없다는 해방감으로 즐거웠다. 그러나 몇 달이 지나자, 두려움이 몰려왔다. 내 인생인데, 어머니를 위한 인생 아닌데, 타국까지 와서 내가 할 일은 무엇인가.

제 삶을 밀고 갈 방향이 필요했다. 자신을 행복하게 하는 일을 하고 싶었다. 그때 막막한 인생에 등불을 밝히듯 생각나는 것이 요리였다. 쓸데없다고 핀잔주던 어머니가 자신을 행복하게 해 줬던 그것을 하고 싶었다.

그는 흐느적거린 그동안의 삶을 타국에 묻었다. 먼저 해가 떠야 일어나는 습관부터 버렸다. 지나간 시간을 다시 채우듯. 동트기 전 하루를 미리 준비하는 짜릿함을 잊을 수 없었다. 달라진 습관으로 달라진 인생을 살아갔다. 초밥을 만들고 다시 만들면서. 포기하고 싶은 순간도 많았다. 쓸모없는 자가 쓸모 있으려면 시간과 인내를 양날 가진

칼처럼 세워야 했다.

민철은 이 대목에서 머리에 정지 버튼을 눌렀다. 서둘러 찾아온 민철의 기억은 시간과 인내를 찾아보라고 재촉했다.

고등학생이 되어서 보는 첫 시험, 민철은 마음잡고 친구들과 도서관에 자리 잡았다. 마음과 다르게 엉덩이가 들썩거리더니 낮에 시비 건 친구와 시선이 맞부딪혔다. 공부 안 하고 뭘 봐, 언제 봤는데, 이 자식이. 민철은 시비 건 친구 쪽으로 쿵쿵거리며 걸어갔다. 돌덩이 같은 주먹을 날렸다. 마음 잡는 일은 없다는 듯 크로스펀치도 날렸다. 순식간에 도서관은 싸움터로 변했다. 그놈도 만만치 않았다. 민철의 콧등도 진동이 울렸다. 파장이 멈추고 땅에 지진이 끝났을 때, 어머니는 경찰들에게 고개를 숙이고 있었다. 경찰서를 나와 집까지 말없이 걷더니, 집 가까이 와서 묵혀놨던 원자폭탄을 투하했다. 언제나 철들 거냐, 어디다 쓸 거야 이놈을.

한번 해보겠다는 민철의 다짐은 쓸모없는 놈으로 일단락되었다. 반격을 시작했다.

"엄마는 왜 물어보지도 않고 혼내기만 해."

어머니는 속마음을 여과 없이 보여주었다.

"그냥 조용히 학교 다니다가 졸업하고 돈 벌러 가면 안 되겠냐?"

"아니, 날마다 쌈질하는 것도 아니고, 다리를 묶어요. 그냥!!"

어머니 보라고 등을 획 돌려서 지체하지 않고 달아났다. 노력해도 알아주지 않았기에 자신만 없어지면 된다고 생각했다. 드문드문 붙어있는 주택가를 돌아서는데 어머니의 애끓는 목소리가 쫓아왔다. 민철아, 민철아. 민철은 속도를 올려서 아스팔트 바닥을 후벼팔 기세로 달렸다. 저녁 하늘에 달빛이 환하게 민철을 비췄다. 그림자가 민철을 부추기듯 따라왔다. 끊어내지 못한 그림자가 섬뜩했다. 어머니도 그럴까. 툭하면 소리 지르고, 툭하면 욕하면서도 쫓아내지 못한 이유가 저 그림자와 같은 것일까. 민철은 뒤돌아서서 그림자를 밟았다. 그러면 다시 뒤로 가는 그림자. 발을 치켜들어 더 모질게 밟았다. 그림자는 조소하며 민철을 골탕 먹였다. 민철을 따라 하면서. 퍽. 퍽. 오른쪽 다리 통증이 허리를 타고 뒤통수로 치올라왔다. 민철은 지고 싶지 않았지만, 땅바닥에 몸을 놔버리듯 쓰러졌다. 변화하고자 한 노력은 쓸데없는 놈에 묻혀 제자리걸음 했다.

요리사의 손과 손톱이 기록을 재촉하며 민철의 시야를 끌고 갔다.

손님들의 입맛을 잡는 초밥을 만들고 나니, 세상을 다 가진 기분이었다. 삼십 대 초반에 혼자 힘으로 이뤘다. 우쭐한 마음이 들었다. 설거지하고 홀 청소하면서 근면하게 배우겠다는 마음이 걷힌 것이었다.

밥이 질다. 회가 질기다. 유학 다녀온 솜씨 맞냐며 감히 지적해댔다. 분한 마음으로 다시 만들고 또 만들었다. 그러나 돌아오는 반응은 더 험했다. 그는 발버둥 치는 자기 모습에서, 타국에서 두려워한 모습을 보았다. 전적으로 마음이 문제였다. 배우겠다는 마음에서 가르치겠다는 마음으로 바꾼 것이 원인이었다. 그는 밥 짓는 과정부터 다시 살피며 시작했다.

어느덧 경력 이십 년을 넘긴 초밥 요리사가 되었다. 요즘 코로나로 손님이 뜸해서 당분간 가게를 닫기로 했다. 이번을 기회 삼아 신메뉴를 개발할 계획이다. 더 깊은 맛을 연구해서 멀리 가자는 전략이다.

그랬군요. 대단하세요. 해자가 또 끼어들었다. 한 편의 영화를 봤다며 요리사의 이야기를 건네받았다. 그것도 부족해서 잘 들었지? 하는 눈짓으로 민철을 위아래로 훑어보았다. 민철은 눈을 딱 감아 버렸다. 애써 부인했다. 그까짓 거 나도 얼마든지 할 수 있는데 나를 알아봐 주는 사람이 없을 뿐이라니까. 기억 저편에서 나지막하게 혼잣말로 푸념했다. 한 번 감은 눈은 쉽게 뜰 수 없었다. 처음 본 요리사가 일부러 들으라고 하는 이야기 같았다. 구제 불능까지는 되지 말라고, 먹이고 달래고 타이른다는 생각이 엎치락뒤치락했다. 눈가가 촉촉해졌다. 손을 가슴에 대자, 해자가 민철의 변덕에 곤혹스러워하는 광경이 캄캄한 머릿속에서 재현되었다.

사귄 지 딱 삼십일 되는 날이었다. 해자가 직장을 소개해 주었다. 민철도 음식에 관심이 많았다. 그래서 해자 친구 부모 가게에 소개한 것이었다. 해자를 믿고 받아줬기에 해자의 입장을 고려해야 했다. 제 일을 찾았다면서 흥분부터 했다. 결국, 한 달을 못 넘기고 병이 도졌다. 나를 몰라본다, 내가 재능이 얼마나 많은데, 고기를 볶을 때 꼭 그렇게 하지 않아도 되는 거 아니냐. 민철은 그렇게 자신을 알아 달라고 하소연만 할 뿐, 정작 자신의 재능을 보여줄 시간을 견디질 못했다. 해자는 탓하지 않고 넘어갔다.

그날부터 시작이었다. 민철이 해자를 찾을 때는 특별한 이유가 없었다. 마음이 조금이라도 배이면 해자에게 전화했다. 특별한 내용도 없었다. 나 잘났네, 나 잘났네, 하고 나면 배인 자국이 아무는 것 같았다. 그래? 그래, 하면서 들어주는 해자가 민철의 연고였다. 그리고 그 연고는 민철이 언제든지 뚜껑을 열고 누르기만 하면 쭉 밀려 나왔다.

특별한 조건 없이 베푸는 해자가 민철에게는 호구로 보였다. 가끔 뚜껑이 안 열려서 손가락에 힘을 두 배로 주며 졸렬한 수단으로 억지로 열기도 했다. 영락없이 나무에 오르다가 떨어진 기분이었다. 해자가 나무 위에서 내려다보며, 나무 아래에서 통증을 참고 있는 민철을 비웃고 있는 듯했다. 민철은 서둘러 나무를 벗어났다. 그런 사실을 전혀 모르는 사람과 장소를 찾아 나섰다. 민철은 위에서 아래를 바라보는 자리에만 있고 싶었다.

민철은 고개를 살래살래 흔들었다. 기억이라고 하지만 차마 꼴을 볼 수 없었다. 요리사도 끝맺는 모양이었다. 민철은 머리에 문장 마침표를 찍었다. 요리사의 인생 역전 드라마도, 해자의 호구 역할 드라마도. 새 페이지로 넘겨서 변화의 짜릿함을 말한 요리사를 불러왔다. 희열에 찬 얼굴로 가볍게 쥐던 요리사의 손을 확대했다. 그의 손톱이 보였다. 짧고 야무져 보였다. 치켜세운 엄지손톱에서 떠오르는 해의 위엄까지 보였다. 민철의 어깨가 활짝 펴져 있었다. 그의 손톱이 민철을 도약하게 한 것이었다. 지루함을 인내심으로, 다시 깊은 변화를 기대하게 했다.

요리사가 민철을 불렀다.

"마지막으로 앙코르 요리를 하나 드릴게요."

물로 씻은 요리사의 손톱은 어느새 말끔해져 있었다. 짧게 잘려 있어서 더 깊이 있게 보였다. 길게 길러서 뭐라도 할퀴고 싶은 순간이 왜 없었겠는가. 손이 빠르게 움직일 때면 존재가치가 없어 보이는 날도 있었을 것이다. 그래도 참고 견뎠을 것이다. 그의 손톱은 마치 인내의 중요성을 알려주듯 민철의 마음을 오랫동안 놓아주지 않았다.

요리사님께 맡길게요. 민철도 그럴 거지? 해자가 서둘러 물었다. 그렇지. 토를 달 이유가 없었다. 지금까지 요리사가 주는 음식을 먹었다. 이 가게에서 준비한 오마카세 요리를 먹으며 민철은 즐거워했다. 그가 만든 국과 튀김, 그리고 초밥. 손님의 기쁨을 위해 요리사가 준비한 요리를 융숭하게 대접받았다. 그는 장사했고 민철은 그에게 오늘 저녁 식사를 일임한 것이다. 오마카세를 선택한 것은 민철이지만, 그 안에 구성은 요리사의 몫이었다. 민철은 흐뭇했다. 해자 결정에 따라오긴 했지만 만족한 식사였다.

요리사는 참치회 붉은 부분을 깍둑썰기로 잘게 잘랐다. 코스요리 중에 먹었던 초밥 김밥 꼭지를 접시에 담았다. 그 위에 잘라 둔 참치회를 올리고 초를 꽂았다. 요리사의 인생 이야기에 빨려 들어가

경청한 것처럼 지금 그의 행동은 민철의 시야를 몽땅 가져갔다. 잠시 후 초에 불을 켜더니 민철에게 내밀었다.

"여자친구가 오늘 애 많이 먹었어요. 남자친구 생일이 내일인데 갑자기 오늘 만나자고 한다고. 오늘 꼭 예약해야 한다고."

그가 환한 미소를 지었다.

"특별 선물입니다. 좋은 여자친구 두셨어요."

변화하려는 민철에게 진짜 특별 선물이었다. 시간에 인내를 엮어서 깊이를 내놔 보라는 듯 촛불이 활활 타올랐다. 온몸을 뜨겁게 달구었다. 영업 종료를 맞춰 사람이 없는 상황은 자신을 위해 가게 전체를 임대한 듯했다. 손님의 기쁨을 위해 요리하는 요리사는 자신만을 위해 섭외된 사람인 듯했다. 민철을 위해 존재하는 일품 요리사. 그리고 이벤트를 준비한 해자까지. 민철은 인생의 방향을 돌려 거듭나고 싶었다. 손을 내밀어 덥석 받아 들었다.

"감사합니다. 이런 대접 처음입니다."

해자도 손가락으로 벌어진 입술을 만지더니 부랴부랴 핸드폰을 꺼내서 사진을 찍어 댔다. 찰칵찰칵. 바 의자를 밀어붙이고 각도를 바꿔가면서 찍었다. 다시는 기회가 없다는 몸짓처럼 보였다. 부산하게 구는 해자의 모습이 찰칵하는 소리에 낚였다. 월척을 낚은 낚시꾼을 순간 포착하는 기분이 이럴까. 민철에게 순간순간 잘려서 파노라마로 저장되었다.

"스시 미즈우미. 오늘 좋았어."

가게를 나오면서 민철이 해자 어깨를 감쌌다.

"이런 진지한 표정 처음인데? 근데 그 가방은 뭐야?"

"어어. 친구 녀석이 내일 면접 보러 간다고 옷 빌려 달라고 했는데에…. 전화하니까 안 받잖아. 그래서 너한테 전화한 거야. 전화 또 해 봐야지."

"면접 때 입을 옷을 가방에 넣어? 구겨질 텐데."

"본인이 알아서 하겠지이."

초가을 바람이 민철과 해자의 대화에 끼어들었다. 민철은 끄떡없다는 태세로 해자 어깨를 다독거렸다. 상가를 빠져나와 큰길에 다다랐다. 늦은 저녁, 목적지를 찾는 사람들이 앞다투어 나타났다. 민철은 버스 정류장에 섰다. 해자를 먼저 보낼 심산이었다. 그래야 했다. 해자가 생뚱맞게 인사했다. 두 달 만에.

"민철아, 잘 지내."

버스에 올라탄 해자가 민철을 향해 손을 흔들었다. 민철의 진지함이 전이된 것 같지만 판이한 느낌이었다. 민철은 가방을 안고 정류장 의자에 앉았다. 띠리링. 초밥 김밥 케이크와 세 살 먹은 아이 같이 웃고 있는 민철이 들어있는 사진이 카톡으로 전송되었다.

카톡이 연이어 두 번 울렸다.

'생일 축하해.'

'그리고 미안해.'

민철은 앞 문장 보고 고맙다고 찍은 문자를, 뒤 문장 보고 잽싸게 지웠다.

'나 유학 가. 너의 변덕에 지치기도 하고.'

'좋은 직장, 좋은 여자친구 만나길 바랄게.'

또다시 카톡, 카톡하고 울렸다. 올 것이 왔다. 그러나 이건 아니다. 자리가 바뀌었다. 만만한 해자, 무언으로 일관하던 해자가 이러면 안 되는 것이었다. 잊고 있던 생일도 자각시켜 준 해자, 새사람을 꿈꾸게 한 해자가 하필, 지금, 왜! 달궈졌던 몸이 일순 굳어버렸다. 생각은 부리나케 움직였다. 자신만 괜찮으면 된다고. 해자는 당연히 옆에 있을 거라고. 자신이 싫다고 하기 전에 해자가 떠나는 일 따위는 없다고 여긴 것이었다. 민철은 한숨을 쉬듯 중얼거렸다. 해자도 먼저 떠날 수 있다는 걸 왜 몰랐을까. 민철은 정류장 의자에서 벌떡 일어나서 고개를 꺾어 틀었다. 해자가 타고 간 버스가 몇 정거장이나 지났는지 가늠했다. 마음으로 버스에 올라탔다. 버스 안에 있을 해자를 만나서 부르짖었다.

'신해자! 나, 너 없으면 안 돼!'

간절함이 메아리가 되었는지 민철의 귀속이 찢긴 듯 얼얼했다. 불현듯 민철은 간장에 둘린 그의 손톱이, 짧게 잘려도 행복하게 보인 그의 손톱이, 야무지게 요리사를 따라 움직이던 그의 손톱이 눈에 밟혔다. 거기까지 긴 시간이 필요했을 것이다.

그렇다. 내일이 민철의 생일이었다. 어머니가 유난히 재료를 많이 사 온 이유였다. 쓸데없다고 핀잔주고 구박하는 어머니. 어머니의 인정이 절실할수록 사건을 캐러 다닌 민철. 티격태격하며 찌그러진 모양이었지만, 모조리 들통나서 신세계를 연출할 수 없지만 묵은 간장처럼 깊어진 관계인 것이었다. 드문드문 배어있는 행복까지.

　집에 가는 버스가 도착했다. 민철은 가방을 들고 재빨리 버스에 올라탔다. 창문에 데칼코마니 된 민철이 혈색 좋은 얼굴로 웃었다. 생일상은 어머니가 받아야 해. 그리고 그다음에, 그다음에 해자에게…. 내일 아침 어머니보다 일찍 일어나서, 밥상을 차리자. 민철은 양 손바닥을 눈앞으로 가져와 손가락을 구부렸다.

　손톱이 제법 길었다. 민철은 집에 도착하자마자 손톱부터 자를 참이었다.

시어머니의 고향

가을바람이 애연했다. 훅, 하고 매정하게 옷 속을 파고들었다. 나는 잔뜩 굽은 어깨를 팔로 감싸며 뒤돌아섰다. 시어머니는 제대로 먹지도 못하고 며칠 누워만 있었다. 작은아들까지 잃은 통한을 달랠 길이 없다. 내게 떠나라고 한 날짜가 다가오는데 의논조차 곤란한 상황이었다. 봄 조개, 가을 낙지라는데 낙지를 사다가 매콤하게 볶아 드려볼까. 마음먹은 김에 새벽 시장 쪽으로 향했다. 지르신은 운동화를 바르게 고쳐 신고, 얇은 브이넥 카디건 단추를 끼웠다. 새벽이면 으레 집 주위를 산책하는 터라 임의롭게 입고 나왔다. 막상 시장까지 가려니 발걸음이 주춤거렸다. 집에 들어갔다 오자니 현관문 여는 소리에 시어머니가 깰 것 같았다. 선걸음으로 시장 쪽으로 향했다. 그나마 시장이 집에서 그리 멀지 않은 거리라서 오락가락하는 마음을 정하기가 쉬웠다.

새벽시장은 인근 마을에서 모여드는 사람들로 제법 규모가 크다.

인구 육만이 조금 넘는 군을 중심으로 양식에 적합한 지형적 이점을 갖춘 마을은 어업이 활발했다. 농업 특산물이 재배되는 마을도 더해져 내용물이 다양했다. 하지만 전날 갯벌에서 손으로 갓 잡은 낙지를 새벽시장에서 구하기는 쉽지 않다. 혹시나 하는 마음으로 발걸음을 재촉했다. 말끔하게 단장한 시장 입구에 들어서자, 마치 대낮처럼 밝은 기운이 몰려들었다. 고개를 두리번거려 훑으며 길게 뻗은 시장길을 능숙하게 걸어 나갔다. 그물배로 잡았다는 보기 드문 군평선이와 꼬막, 새우, 미더덕이 매대에 가지런히 진열된 가게. 전어를 펼쳐 놓고 가격을 불러대는 가게. 통고추, 무, 시금치 등 생생한 채소를 가마니 채로 쌓아 놓은 가게가 새벽을 맞이했다. 마른 고추 가게 건너편에 있는 과일 가게에, 시어머니가 좋아하는 감이 노르스름한 빛깔을 뿜어냈다. 바지 주머니에 손을 넣었다. 가지고 온 지폐를 만지작거리다가 가던 방향으로 몸을 틀었다.

길이 다 끝났다 싶은 곳에서 웅성거리는 소리가 발을 이끌었다. 뜀박질 같은 보속으로 가까이 다가갔다. 쪽머리를 한 할머니 앞에 놓인 고동색 대야를 사람들이 포섭하듯 두르고 있었다. 나는 그들 어깨 사이로 머리를 쑥 집어넣었다. 내 주먹만 한 머리에, 다리 여덟 개를 대야에 꽉 채운 낙지가 흐물거렸다. 대야 속이 너무 좁아서 밖으로 나가야겠다는 듯이 미세하게 빨판을 이동시켰다. 나는 망설임 없이 낙지를 두 마리 사 들고 잰걸음으로 집에 왔다.

시어머니는 아직 일어나지 않았다. 걱정이 앞섰다. 상을 치른 지

육 개월이 넘어가는데 도무지 기운을 차리지 못했다. 큰아들이 먼저 세상을 떠났을 때는 힘없는 거동이라도 했는데, 하나 남은 작은 아들마저 먼저 가버리니 살 기력조차 없는 모양이다.

싱크대 바닥을 쩝쩝거리며 도망가는 낙지를 시어머니처럼 손으로 뜯어 잡았다. 소금을 뿌려 빡빡 문질렀다. 몽글대는 다리를 세게 비비다가 수돗물을 틀어 씻었다. 몇 번 반복했다. 어깨너머 배운 실력이 제법이라는 생각이 들자, 손놀림이 빨라졌다. 씻은 낙지를 편백 나무 도마 위에 올렸다. 칼로, 다리는 내리쳐서 자르고 머리는 따로 잘라서 내장을 뺀 뒤 적당한 크기로 잘랐다. 웍에 모두 집어넣었다. 쓱. 안방 문이 소리를 죽여가며 열렸다.

"지현이냐?"

시어머니는 남편이랑 연애하는 동안 부르던 내 이름을 여전히 불렀다. 듣기 좋았다. 며느리라고 못 박듯 말하는 시어머니가 나를 딸로 정감있게 불러주길 바라며 좋아했다. 아침부터 시어머니 잔소리가 늘어졌다. 일찍부터 어딜 다녀왔느냐, 대충 먹으면 되는데 새벽부터 부지런이냐, 일 나가려면 서둘러야 하는 거 아니냐. 내가 어서 죽어야 할 텐데. 마지막은 시어머니 죽는 타령으로 끝냈다. 맞춰진 코스처럼 육 개월 전부터 반복되는 말이었다. 네 동서처럼 네 갈 길 가면 내 맘이 편할 텐데. 나 신경 쓰지 말고 어서 일 다녀와. 그러더니 방으로 들어가서 다시 누웠다.

시어머니와 나는 이삿짐센터 보조로 일한다. 갑작스러운 변고에 시어머니는 도시살이를 접고 무턱대고 고향을 찾았고 나는 그런 시어머니를 붙좇았다. 쉽지 않게 내린 결정만큼 먹고 살기도 지난했다. 나와 시어머니가 할 일은 마땅하지 않았다. 코로나 전염병으로 더 난감했다. 자칭 시아버지 불알친구라고 인정하는 이삿짐센터 사장이 나와 시어머니를 직원으로 고용해 주었다. 시어머니는 전국을 따라다니며 부엌살림 포장하고 정리하는 일을 맡았다. 원래는 여자 한 명이면 되는 팀에 나는 시어머니 보조로 따라다녔다. 사장의 특혜가 작용한 셈이다. 시어머니는 힘에 부치게 일하면 그나마 기막힌 사연에 정신 파는 일은 없겠다는 듯 쉴 새 없이 일했다. 시아버지의 갑작스러운 죽음이 이유였다. 남편과 큰아들을 한날 교통사고로 잃은 연유였다. 나도 그런 시어머니와 하나 되어 세월을 버텼다. 언젠가부터 시어머니는 날짜까지 정해주면서 떠나라고 나를 다그쳤다. 그러나 겹친 변고로 말수도 적어지고 아예 일어나지 못하는 날이 잦았다. 어젯밤에도 결국 일 못 가겠다고 나에게 통보했다. 명절 연휴 이후로 일이 몰렸다던데 너 혼자 가서 고생해야겠다면서, 도저히 안 되겠다고.

나는 안방 문을 빼꼼히 열었다. 시어머니는 벽을 향하여 모로 누워있었다. 거적때기만 덮어놓지 않았을 뿐 영락없이 방치된 시체 행색이었다. 일을 가는 게 맞을까. 저러다 돌아가시면 어떻게 해. 걱정이 쓰나미처럼 밀려들었다. 마음으로 방파제를 쌓고 시어머니 곁으로 다가갔다.

"어머니, 새벽시장에서 산 싱싱한 낙지로 볶음 해 놨으니까 꼭 드셔야 해요. 어머니 매콤한 거 좋아하잖아. 다녀올게요."

"고맙다….."

자세를 그대로 두고 가까스로 있는 힘을 다해 쥐어짜듯 말했다. 시어머니는 평소 감정표현을 잘 하지 않았다. 서로 알고 지낸 지 십여 년이지만, 무슨 생각을 하는지 모를 때가 많았다. 남편과 연애하는 이 년 동안, 결혼해서 육여 년 동안, 그리고 지금까지 감정표현할 상황이면 대부분 무표정으로 반응했다. 오늘처럼 고맙다고 말하기는 기억 속에 몇 번 없었다. 또렷한 건 남편과 연애할 때로 기억한다. 추석 명절 무렵이었다. 결혼을 앞두고 맞은 명절 연휴라서 시부모에게 인사차 방문했다. 바다 부근이 고향이었다는 남편의 힌트에 통통한 자연산 돌문어를 선물했다. 그렇지 않아도 살까 말까 망설였는데 마침맞게 사 왔다면서 어찌나 맛있게 드시던지. 시어머니는 살포시 내 손을 잡고 고맙다고 속삭였다. 그날 귀엽게 볼우물을 띤 시어머니의 얼굴이 지금 내 눈앞에서 웃고 있는 듯했다.

그를 여덟 시에 집 앞에서 만나기로 했다. 평소 일할 때처럼 검은색 스판덱스 면바지와 알록달록한 등산복 티셔츠 차림으로 편하게 나왔다. 시어머니가 없어서인지 옆구리가 설렁했다. 들고나온 바람막이 점퍼를 걸쳤다. 너는 손끝이 야무져서 이제는 나 없어도 잘할 거다. 어젯밤에 시어머니는 속마음을 말로 표현했다. 사실 그 칭찬 때문에 오늘 혼자서 씩씩하게 나온 것이다. 시어머니는 점점 기운은 잃어가지만, 감정표현은 늘어갔다. 왠지 모르게 발걸음이 가벼웠다. 생활 전선으로 이동하는 차들이 도로를 활보하듯 거침없이 내 앞을 지나갔다. 새벽에 밋밋하던 도로가 다양한 차들로 두드러져 보였다.

가시거리에 일 톤 트럭이 나타났다. 점점 가까이 와서 내 앞에 멈추더니 차 유리문을 내렸다. 사장과 사장 아들인 그가 운전석과 가운데 좌석에 앉아서 내게 눈인사했다. 그는 대체로 이삿짐 견적 내는 일을 보는 경우가 많았다. 시어머니와 내가 일하는 이 년 동안 같이 현장에서 일한 건 열 손가락에 꼽을 정도였다. 나는 그를 먼발치에서만 보았고, 일할 내용도 대부분 시어머니를 통해 전달받았으므로 그도 사장도 어색한 사이였다. 차 안을 물끄러미 바라보고 있다가 타요, 하는 소리에 고개만 까딱하고 조수석에 올라탔다. 차 문을 닫자마자 바빠죽겠다는 듯이 트럭이 달렸다. 언젠가 정면에서 본 그의 얼굴을 떠올렸다. 맑은 피부에 짙은 눈썹과 오똑한 콧날. 날카로우면서 예리하게 보인 그의 눈매가 기억 속 얼굴의 전체를 대변했다. 지금 곁눈질로 본 그는 짙은 색의 말끔한 청바지와 얼마 전 온라인 쇼핑몰에서 무심코 본 '젊은 남자 가을 아우터'와 비슷한 밝은색 체크 패턴 니트 카디건을 입고 있었다. 카디건 안에는 상아색 목폴라를 입고 있는 것이, 아무래도 계획 없이 출근했다가 급하게 합류한 모양새였다.

"시어머니는 좀 괜찮으세요?"

"네? 네."

사장이 아니라 그가 물어보다니. 뜻밖의 질문이었다. 최근 들어 시어머니가 자주 동행하지 않은 건 사실이지만, 이삿짐센터 일과는 상관없어서 그가 신경 쓰고 있는 줄 몰랐다. 일은 내가 시어머니 몫까지 꼼꼼하게 한다고 여겼다. 아침에 있던 일을 미주알고주알 다정하게 말할 사이도 아니고 해서 나는 짤막하게 대꾸하고 넘겼다.

"반 포장이사를 한다고 근께 그렇게 일이 많지 않을 거시요. 아는 동생인디 꼭 나보고 해 주라고 근께, 거시기한 살림만 잘 포장해서 주면 즈그가 정리한다 근께요."

"아버지, 거시기라고 하면 알아듣겠어요? 음, 그릇과 책장에 책 정도만 꽂아주면 좋겠어요."

나는 네, 라고 딱딱하게 대꾸하고 시어머니가 어젯밤에 일러둔 말을 끄집어냈다.

"모르는 거 있으면 사장님한테 물어보면 된다. 혹시 사투리 때문에 못 알아들으면 아들한테 물어보거라. 학교를 도시에서 다녀서 그런지 사투리가 심하지 않아. 아마 너보다 나이가 몇 살 많을 거야. 졸업하고 고향 내려왔다는데, 이삿짐센터 일도 그때부터 늘었다고 했어. 아들이 반듯해서 사장님도 의지하고 손님들도 신뢰가 커. 인품도 괜찮은 젊은이더라."

시어머니는 마치 비밀을 발설하는 사람처럼 조곤조곤 말했다. '아들'을 발음할 때는 시어머니도 신뢰가 크다는 느낌을 받을 정도로 또박또박 입술을 움직였다. 서툰 어감으로 생소한 내용을 전하는 것이 아무래도 뭔가 모를 마음의 변화가 감지되었다.

읍내를 벗어나 작은 마을에 도착했다. 읍내에서 지척이지만, 논과 밭이 편편하게 펼쳐져 있었다. 가을걷이가 한창인 들녘은 사람도 땅도 분주했다. 먼저 온 일행이 벌써 짐을 싣고 있었다. 일 톤 트럭이 두 대만 와 있는 걸 보니 짐은 보통으로 짐작되었다. 서울로 간다고 해서 상호가 새겨진 탑차를 생각했는데 트럭으로 나르게 생겼다. 각자 출발한 지역이 달랐는지 어젯밤 근황을 서로 물었다. 호칭도 왔다 갔다 했다. 매형, 아니 사장님, 동서, 하는 것이, 아무래도 친척을 부른 모양이다. 가까운 사람 이사할 땐 사장이 쓰는 할인 카드 같은 게 있다더니. 고객에게 저렴하게 받고 친척끼리 왕래도 하는.

나는 맹숭맹숭 서 있다가 손으로 부르는 그에게로 다가갔다. 여기 봉지랑 저쪽에 작은 짐들 첫 번째 트럭에 실어 줄래요? 비닐봉지에 담긴 건 터지지 않도록 조심하고요. 시어머니 없이 혼자 와서 그와 현장에서 일하기는 처음이었다. 친절한 말투가 다정하게 들였지만, 일일이 시킨 대로 해서는 안 될 일이었다. 어찌 됐든 나도 경력이 이 년째였다. 할 일이 별로 없을 거라는 사장 말에 방심한 마음을 다잡고 작은 짐부터 잡았다. 그가 내 손을 보더니 목장갑을 건넸다.

열자 옷장이 나오고, 문 네 개형 냉장고, 세탁기, 건조기 뒤를 이어 살림살이가 줄지어 나왔다. 남자 네 명이 두 조로 나눠서 트럭에 실었다. 그렇게 순조롭게 보이지 않았다. 트럭 적재함에 크기를 맞춰서 싣지 못했다며, 내렸다가 다시 싣기를 한두 번 하더니 목소리도 거칠어졌다. 빈틈이 생기지 않도록 실어야 한다고 야단법석이었다. 사장은 사람 좋은 표정으로 일하다가 곧잘 뒤로 빠질 뿐, 그다지 몸을 써서 일하지 않았다. 시어머니랑 일할 때 눈여겨보지 않은 탓인지 원래도 그랬나 싶었다. 그가 동분서주하며 진두지휘해도 트럭 주인들은 나만큼 잘 따르지 않았다.

부피 큰 짐이 거의 다 빠질 무렵, 허름한 집 외관이 눈에 들어왔다. 리모델링 한 흔적도 여기저기 드러났다. 나는 그가 시킨 일을 후다닥 해치웠다. 혹시 눈치 빠르게 도울 일이 있을까 하고 돌아다니다가 아는 동생 부부를 발견했다. 둘이 나란히 서서 손때 묻은 집을 떠나는 게 아쉬운 듯이 집 구석구석을 시선으로 만지고 있었다. 내 의도와 다르게 부부를 유심히 쳐다보았다. 단란한 분위기였다. 오래 산 사람처럼 부부는 꼭 닮은 얼굴이었다. 갑자기 아는 동생 부인이 고개를 돌리더니 나와 시선이 마주쳤다.

"얼렁뚱 출발합시다. 갤차 준 주소에서 만납시다."

사장이 손뼉 치며 이목을 모았다. 어색하던 순간에 고마웠다. 나는 얼른 내가 타고 갈 트럭으로 올라탔다. 운전은 사장이 하고 그는 가운데, 나는 조수석에 앉았다. 트럭을 타고 전라도에서 서울을 향해 네 시간 넘게 가야 했다. 나는 미간을 찌푸리며 입을 꾹 다물었다.

한 폭의 그림 같은 가을 하늘을 보자, 탁월함에 압도되었다. 푸르스름한 바탕에 각양의 구름이 마치 풍선아트를 한 것처럼, 하늘을 떠다녔다. 차창 너머로 시선을 던져 구름 모양을 따라 그렸다. 강아지 모양, 똇장 모양, 뭉게뭉게 피어있는 모양, 비행기가 지나간 길 모양. 어느새 내 몸이 흔들거렸다. 나도 모르게 발바닥으로 리듬을 맞추며 자작곡을 만들어 입속말로 흥얼거렸다. 고개를 느리게 돌려 주위를 둘러보다가 멈췄다. 나는 앞으로 나아가고 구름은 점점 멀어져 갔다. 그러다가 또 다른 모양이 나타났다.

세 번째 휴게소를 지나갔다. 휴게소는 점심 먹을 때 들리자고 사장은 눈치라도 보듯 말했다. 네. 나는 짧게 대답했다. 사장은 머쓱했는지 핸들을 살짝 고쳐 잡았다.

"시어머니는 아직도 기력을 못 찾으셨재라."

그가 아침에 던진 질문을 다시 받았다. 시어머니의 안부가 궁금해서라기보다 할 말이 있다는 말투였다. 내 시어머니나 되니까 버티는 거라면서, 힘들어도 잘 모시라고 당부했다. 네. 나는 또 짧게 대답했다. 사장이 말하는 힘든 일을 나도 힘들다고 여기는지 확인할 필요는 없지만, 시어머니를 잘 모시는 건 마땅히 공감되는 말이었다. 그가 자세를 비틀며 차 등받이에 허리를 꼿꼿하게 세웠다. 보일 듯, 말 듯하게 열어놓은 찻창 사이로 가을바람이 씽씽 불어왔다. 바람은 어색함을 달래 주고, 텁텁한 입 냄새로 칙칙한 차 안 공기를 환기했다.

"아 참, 우리 아들하고 정식으로 인사한 적 없제라? 우리 집 귀한 아들이요. 공부하고 사업 키우느라 장가갈 나이를 훌쩍 넘게 부렀소. 직원 한 놈이 안 나온 바람에 오늘 따라왔다요. 우리 아들은 눈

쌀매가 좋아서 뭐시든지 잘해 부요."

"아버지, 사람 앞에 두고 무슨 말씀을 그렇게 하세요."

"송 씨네 큰며느리 가까이서 처음이제? 얘기는 들었을 것인 게. 효부여. 저런 며느리도 없단 게."

나는 사장과 대부분 눈인사만 하는 사이였다. 시아버지 살아생전에 집으로 찾아왔을 때도 커피 심부름이 전부였으며, 시어머니랑 일 다닐 때도 고작 단답형 대화뿐이었다. 시아버지 돌아가시고 집에서 거의 볼 일이 없었으니, 오늘처럼 사장의 긴 음성 전달은 처음이었다. 나랑 시어머니를 인정한 듯한 표현에 긴장이 한풀 꺾였다.

"아버지, 어머니랑 화해하셨어요?"

그가 대뜸 사장에게 질문했다. 나는 들어도 되는 이야기인지 아닌지 몰라서 맥없이 코를 훌쩍거렸다. 사장은 히죽거리더니 오히려 나에게 한번 들어보라고 권유까지 했다. 이야기는 적잖은 흥분과 감흥이 사투리에 섞여 있었다.

사장은 부부가 줄곧 같이 생활하다 보니 비상금 만들 틈이 없었다. 경리를 아내가 맡아서 보니 더 어려웠다. 안 되겠다, 생각한 사장은 돈 모을 곳을 찾았다. 은행 갈 생각은 왜 안 했을까. 매일 은행 가는 게 귀찮았을까. 사장은 장롱 밑을 택했다. 간식값이라고, 이삿짐에 손해를 끼쳐 비용 지불했다고, 주유했다고, 하면서 돈을 모았다. 어떤 날은 만원, 삼만 원, 오만 원. 삼 년쯤 되던 어느 날, 장롱 밑으로 돈이 삐쳐 나와서 아내가 시장 간 틈을 노렸다가 장롱을 들어냈다. 만 원짜리 지폐가 먼지와 함께 방바닥에서 춤을 추었다. 녹색 빛깔이 녹색 물결처럼 넘실대는 것 같았다. 지폐에 쌓인 먼지를 한 장, 한 장 털어내며 포개고 있는데 늦을 거라던 아내가 들이닥쳤다. 결국 부부는 삼백만 원 조금 넘는 돈을 사이좋게 나눠 가졌다.

사장은 여기까지 말하고 운전대를 잡고 있던 한쪽 손을 풀어 핸들을 때렸다. 껄껄대며 웃느라 정신없었다. 그는 웃을 일이 아니라고 재차 말리면서 앞으로는 어머니랑 상의해서 하면 좋겠다고 따끔하게 말했다. 내가 생각해도 웃을 일은 아니었다. 그래도 놀란 상황을 상반된 표정으로 수습했을 부부를 상상하니, 손으로 입을 막아도 계속 킥킥 소리가 샜다.

곧게 뻗어있는 고속도로에 차들이 경주하듯 달렸다. 앞서가는 차를 앞지르느라 차선을 바꿔 질주하는 차가 다반사였다. 일 차선에서 달리던 승용차도 내가 탄 트럭을 단숨에 앞질러 갔다.

"동혁이 네 승용차도 저거랑 같은 끕이제?"

"네. 중형차치고 연비도 괜찮고, 안정감에 디자인도 괜찮아서 맘에 들어요."

언제 소리 내서 웃었냐는 듯 부자는 달려가는 앞차를 보며 흡족해하는 표정이었다.

똑딱똑딱. 사장이 휴게소로 방향을 틀었다. 같이 출발한 트럭 두 대가 휴게소에 도착해 있었다. 너무도 자연스럽게 그가 오른손을 뻗어 조수석 문을 열었다. 팔이 짧았는지 내 몸쪽으로 무게중심이

기울어졌다. 나는 움찔하며 등받이를 뒤로 젖힐 기세로 몸을 밀었다. 사장이 내리려다 말고 고개를 조수석으로 돌렸다. 입담 좋던 입술이 살짝 벌어지고, 눈은 봐서는 안 될 것을 본 것처럼 잽싸게 정면으로 향했다. 사장은 입과 손을 동시에 움직이며 차 문을 열었다. 조심히 내리라. 덜컥.

휴게소는 점심시간 탓인지 유난히 사람들로 북적였다. 키오스크 앞에서 그가 내게 음식 메뉴를 물었다. 여기는 돈가스가 괜찮아요. 한번 먹어볼래요? 나는 고개를 주억거렸다. 딩동, 내 번호가 모니터에 나타나자, 그가 나보다 먼저 식판을 받았다. 짬뽕 면을 한입물고, 나와 그를 번갈아 가며 곁눈질하는 사장의 행동이 내게 걸렸다. 나는 얼른 식판을 넘겨받아서 들고 내 자리에 앉았다. 시어머니가 점심은 먹고 계시는지. 휴대전화를 만지작거리다가 식판 옆에 그냥 내려놓았다.

트럭 세 대가 고속도로에 줄지어 진입했다. 사장 매제로 추정되는 두 사람은 아침부터 티격태격하면서 어울려 다니더니, 운전도 앞다투어 한 낌새였다. 이따금 보이다가 없어지곤 했는데 서평택 IC 부근에서는 아예 꽁무니도 보이지 않았다. 사장은 내비게이션 안내에 따라 좌회전, 우회전, 다시 직진하며 핸들을 돌렸다. 어느 순간 아파트가 즐비하게 들어선 도로에서 속도를 줄였다. 아파트 동 숫자를 읊으며 트럭 안에서 고개를 휘돌리고 있을 때, 저만치에서 아는 동생이 손을 흔들었다. 형님, 여깁니다. 내심 기다린 목소리였다.

맑은 하늘 아래 줄 맞춘 듯이 가지런히 세워진 아파트가 낯익었다. 오랜만이었다. 시어머니와 부랴부랴 도시 생활을 정리하고 떠나던 뒷모습이 아파트 단지를 흐늘거리며 빠져나갔다. 나는 고개를 세게 흔들었다. 트럭 문을 확 열고 점프하며 내렸다. 정갈하게 정리된 단지에 사람들이 간간이 지나갔다. 이동하는 차 안에서 오고 간 대화 때문인지 사장과 그에게 한 발짝 다가선 기분이었다. 적막하던 아파트 단지도 활기를 띠었다. 여기를 잡아야지! 직원 둘이 옥신각신했다. 사장은 멀리서 지켜보고만 있었다. 그가 끼어들었다. 서두르면 더 늦어져요. 저거 먼저 올리죠. 그가 검지로 열자옷장을 가리켰다. 사다리차를 각 맞춰 고정하고 칠 층으로 짐을 옮기기 시작했다.

나는 엘리베이터를 타고 칠 층으로 올라갔다. 복도식 아파트이면서 맨 가장자리의 집이라 중앙 엘리베이터에서 내려서도 서너 집을 지나쳐야 했다. 집마다 현관문 색이 군데군데 벗겨지고 작게 팬 홈이 있었다. 모서리도 약간씩 녹슨 걸로 봐서 건물은 지은 지 오래되어 보였다. 귀성스러운 냄새가 풍기는 것 같았다. 현관문을 열고 들어서자 마치 숙성된 맛에 빠진 것처럼 빨려들었다. 서쪽 하늘로 느슨하게 풀어진 해가, 거실로 발산하는 빛에 이끌려 이삿짐 정리하러 왔다는 사실을 잊을뻔했다. 여기. 여기요. 기압을 넣듯 외치는 그의 목소리가 들렸다. 먼저 옮겨진 짐들이 집 안에 듬성듬성 자리를 잡았다. 나는 그릇이 담긴 플라스틱 바구니 곁으로 갔다. 아침에 그가 일러 준 대로 정리할 참이었다. 대용량 곰솥부터 작은 법랑 냄비까지 먼저 자리를 잡고 락앤락 반찬통을 큰 것부터 정리했다. 아는 동생 부인이 다가왔다. 정리는 저희가 하는 것으로 계약했는데요. 저희 사장님이 특별한 분이라서 간단한 정리는 해 줘야 한다고 하셔서요. 부인은 소매를 걷어붙이고 끼어들었다.

"같이해요. 묵은 짐은 버리면서 혼자 차근차근 정리하려고 했는데."

만족스러운 한숨을 내쉬더니 말을 이었다.

"사별하고 지금 남편하고 칠 년 정도 살았는데 주위에서 둘이 닮았다는 말을 많이 해요. 서로 바라보는 곳이 같아서 그런가 봐요."

부인은 옅게 패인 입가 주름을 오므렸다 폈다 하면서 묻지도 않은 이야기를 스스럼없이 풀었다. 사장과 아는 동생은 고향 선후배 사이로 친형제보다 가까운 사이며, 동혁을 어렸을 때부터 봤는데 어디 하나 버릴 게 없는 아들이라고 자랑하듯 말했다. 마음에 두고 있는 여자가 있는데 말을 안 한다며 나를 넌지시 바라보았다. 나는 부인과 부딪힌 시선을 냉큼 떼서 그릇으로 옮겼다. 이삿짐센터도 코로나 때 직원들이 교대로 확진 판정을 받아서 몇 달 쉰 거 말고는 그다지 어려운 점이 없다고 했다. 아, 네, 그때요. 나는 말을 흐리며 그때를 떠올렸다. 이삿짐센터 일을 시작하고 몇 달 되지 않아서 시어머니와 나는 같은 날 확진을 판정받았다. 증상도 비슷했다. 콧물이 줄줄 흘렀고 열이 펄펄 났으며, 목은 뜯어내 버리고 싶을 정도로 욱신거렸다. 미각도 후각도 사라졌다. 주문한 매콤한 피자로 입맛을 자극하며, 시어머니와 나는 고개를 절레절레 저었다. 보름 동안 강제로 칩거하면서 시어머니는 고향에 돌아온 신고식을 톡톡히 한다고 말했다.

"그럼, 혹시 시어머니 따라왔다는 며느리예요?"

부인이 눈꼬리를 한껏 올리고 물었다. 나는 부인에게 시선을 고정하고 눈꺼풀을 빠르게 껌뻑거렸다.

"놀라지 마세요. 아마 우리 스친 적 있을 거예요. 다들 기특하다고 해요. 나도 한번 만나고 싶었는데 이렇게 만났네."

"기특하긴요…. 저희 시어머니가 대단하시죠. 저한테 갈 길 가라고 몇 번 말씀하셨어요. 지금도 그렇고요. 이젠 시동생마저 없으니, 제가 지켜 드려야죠. 요즘에 무슨 조선시대 개념이냐고 하더라고요. 그런 거 아니에요. 제가 좋아서 시어머니랑 사는 건데요 뭐."

부인의 정겨움이 나를 보는 눈빛에서 고스란히 느껴졌다. 시어머니가 떠나라고 한 날이 다가온다는 말은 하지 않았다. 나도 모르는 내 마음이 가로막았다. 먹먹했다. 분명한 건 누구 때문이 아니라, 나 자신을 위해서 스스로 결정하고 싶은 마음이 컸다. 부인이 살짝 미소를 짓더니 자리에서 일어났다.

"냄비를 이렇게 정리하니까 깔끔하네. 오늘 보니 마음만 예쁜 게 아니라 일도 꼼꼼하게 잘하네요."

나는 대답 대신 부인의 시선을 쫓아갔다. 그동안 대수롭지 않게 해 오던 일이었다. 손에 낀 목장갑을 힘껏 위로 잡아당겼다. 남아있는 그릇을 크기별로 간추리며 수납할 공간을 눈으로 쟀다.

서쪽으로 절반쯤 걸쳐 있던 해가 산 너머로 숨고 있었다. 이삿짐은 살던 집을 어느새 잊어버리고, 새로 이사 온 집에 맞춰 자리를 잡았다. 나는 이럴 때면 묘한 감정에 젖곤 했다. 부피 큰 옷장이나 가전제품, 살림살이를 해체하고 옮겨서 다시 재조립하는 과정이 사람의 인생에 견주어졌다. 사람도 때론 묵은 장소를 떠나 낯선 곳에 정착하거나, 뜻하지 않은 사건에 휩쓸려서 새로운 사람과 시간을 엮어 갈 때가 있다. 중요한 건 마음이 아닐까.

"저기, 저기요. 나사 좀 들어 주세요."

그가 언제부터 나를 보고 있었을까. 몇 번은 부른 듯한 어조였다. 커튼 봉을 달려고 거실 창가에 서서 나를 바라보았다. 머리 똑똑한 사람은 손도 빠르나. 나사를 받아들고 그를 신뢰하는 시어머니의 말과 부인의 말을 상기하며 거실로 눈을 돌렸다. 하얀 레이스가 촘촘히 박힌 커튼이 소파 위에 올려져 있었다.

"이것 좀 공구 상자에 넣어 주세요."

설치를 다 마치고 그가 임팩 드릴을 내게 건넸다. 나는 몸과 발을 앞으로 내밀어 받아 들고 뒤돌아섰다. 공구 상자를 찾아 두리번거렸다. 에어컨 옆에 놓인 공구 상자를 발견하자, 손보다 생각이 먼저 닿았다. 순간 손에서 임팩 드릴이 빠져나갔다. 앗. 두 손이 허공을 헤맸다. 임팩 드릴은 퍽 소리를 내고 튕겨 나온다 싶더니 이내 내 발이 있는 쪽으로 빙그르르 미끄러졌다. 찌직. 거실 통유리에 금이 가 있었다.

"괜찮아요? 어디 다친 곳은 없어요?"

그는 원목 스툴을 박차고 내려오더니, 내 어깨를 정면에서 움켜쥐듯 잡았다. 눈을 동그랗게 뜨고 물었다. 잔뜩 격앙된 어조였다. 마치 소중한 사람을 지켜야 한다는 듯한 눈빛과 말투. 나는 얼빠진 사람처럼 우두커니 서서 눈을 까막거렸다. 상아색 옷을 입은 그의 가슴팍이 눈앞에서 보호막을 쳤다. 한참을. 주위가 웅성거렸다. 나는 고개를 쳐들었다. 그의 얼굴이 내 시야를 전부 덮었다. 순간 볼이 후끈 달아올랐다. 집 안에 있던 사람들이 몰려들었다. 사장과 매제인 직원 두 명, 아는 동생 부부. 나는 발 쪽으로 시선을 내려뜨리며 나지막한 목소리로 말했다. 괜찮아요. 그런데 죄송해서 어떻게 해요. 안 해도 되는 일을 만들었으니 난처했다.

사장은 몸 상하지 않았으니, 다행이라며 일을 수습했다. 먼저 차로 가 있으라는 말에 현관을 나서는데, 아까 의식하지 못한 시선이 뇌리를 만졌다. 사장의 시선이었다. 휴게소에 도착해서 차에서 내릴 때 봤던 그 시선, 식판을 주고받는 나와 그를 바라보던 그 시선이 아까 내 어깨를 잡고 있던 그를 바라봤었다. 나는 풀이 죽을 데로 죽어서 트럭에 올라탔다. 매제로 추정되는 직원 두 명은 사무실로 함께 가지 않을 모양이었다. 사장이 손들어 인사하고 트럭 쪽으로 걸어왔다. 그가 뒤따랐다. 사장은 아까 그 시선을 그와 나에게 잠깐 흘리더니 차 시동을 걸고 고향으로 출발했다. 아무도 말이 없었다.

해가 뉘엿뉘엿 지더니 어느새 자취를 감추고, 사방에 어둠이 스며들었다. 줄지어 가는 차들이 아련한 불빛을 선사했다. 고요한 트럭 안에서 일렬종대로 뻗어가는 불빛에 눈이 가물거리자, 혼곤히 잠이 왔다. 피곤이 눈치 없이 몰려왔다. 얼마나 지났을까. 사장의 음성이 웅웅거렸다. 정신을 차렸을 땐 사장이 휴게실로 핸들을 꺾어서 들어가고 있었다. 너무 늦었다며 저녁은 간단하게 먹자고 했다. 괜찮아요. 유리값은…. 나는 사장이 말을 걸어온 김에 물었다. 원래 사장이 책임지는 거라고 했다. 나는 가벼운 신음을 내뱉었다.

시어머니가 밟혀서 빨리 집으로 돌아가고 싶었다. 우동을 주문하고 마치 배가 너무 고팠는데 꾹 참은 사람처럼 단숨에 후루룩 먹어치웠다. 사장과 그가 먼저 와 있는 나를 향해 트럭 쪽으로 걸어왔다. 얼굴을 맞댔다가 다시 앞을 보면서 도란도란 대화하는 모습이, 아웃포커스 기능을 사용한 사진처럼 보였다. 서치라이트 불빛이라도 쏴 주고 싶은 마음이 들었다. 갈 길을 재촉하며 주차된 차들이 빠져나갔다. 사장은 운전석으로, 그는 조수석 문을 열고 가운데 좌석으로 올라탔다. 내가 타길 기다렸다가 그가 손에 들고 있던 봉지를 건넸다.

"밤빵을 좀 샀어요. 시어머니랑 같이 드세요."

나는 멋쩍어하면서 받아 들었다. 실은 특산품이라는 단어를 보고 시어머니 생각하다가 그냥 왔다. 눈을 내리뜨고 밤빵을 건네준 그의 손을 훔쳐보았다. 달콤한 냄새가 나는 것 같았다. 코를 찡긋하며 그가 잡았던 부분에 오래 손을 댔다.

담벼락을 돌아서 집으로 들어섰다. 걱정과 다르게 시어머니는 집 안에 불을 환하게 밝히고 나를 기다렸다. 매콤한 낙지볶음에 기운 이 났다면서 일은 힘들지 않았냐고 물었다. 나는 찝찝한 이야기를 먼저 말했다. 시어머니는 그런 일이 종종 있다며 심상하게 넘겼다. 연이어 다른 일은 없냐고 재촉했다. 뭔가 기대하는 답이 있다는 눈 치였다. 나는 시어머니 표정을 찬찬히 톺아보았다. 평소와 다른 시 어머니의 태도에 기분을 맞추고 싶었다. 트럭을 타고 서울로 갔다 가 집으로 돌아오기까지 일을 주워섬겼다. 문득 어젯밤 시어머니 의 당부 속에 사장 아들을 신뢰하는 음성이 귀속을 스쳐 갔다.

"아는 동생 부인이 그러는데, 사장 아들 마음에 둔 여자가 있데 요. 근데 누군지 말을 안 한대요."

시어머니는 기다렸다는 눈빛을 띠고 내 곁으로 엉덩이를 끌며 다가왔다. 나는 선수 치듯이 아침에 상의하려던 말을 꺼냈다.

"어머니 오늘 일하면서 생각했는데, 저한테 더 이상 떠나라고 하 지 마세요. 그리고 앞으로 저 혼자 이삿짐센터 일할 거니까, 어머니 는 집에서 쉬세요. 오늘 실수하긴 했지만, 이 일이 재미있어요."

시어머니는 나를 물끄러미 바라보다가 이내 확고한 눈빛으로 입 을 열었다.

"사장 아들 너 마음에 두고 있다. 못 느낀 거냐, 일부러 모른 척하 는 거냐. 나는 둘이 잘 됐으면 좋겠다. 너는 이미 나한테 딸이나 다 름없어."

가슴에 풍선이 들어앉아서 내가 숨을 거칠게 쉴 때마다 점점 커지는 기분이었다. 그토록 듣고 싶었던 나를 향한 시어머니의 마음을 듣게 된 것이다. 다음은 오늘 때때로 나를 당황하게 한 그의 행동이 내 마음과 다르지 않다는 걸 알았기 때문이었다. 이 년 전 시어머니만 보고 따라온 내가, 낯선 시골 생활과 낯선 사람들 사이에서 별로 도움 될 일은 없었다. 왜 따라왔는지 나에게 의문이 생겼다. 시어머니를 섬긴다면서 오히려 부담 준다는 심정이었다. 서른 중반밖에 되지 않은 과부 며느리로. 남들이 보기엔 효부였을 것이다. 오늘도 기특하다는 말을 들었으니까. 시어머니가 떠나라는 말과 효부라는 사람들의 칭찬 사이에서 적지 않게 갈등했다. 내가 어디에 머무르면 시어머니를 진정으로 위하는 걸까. 나 몰래 흐느끼는 시어머니를 위해서. 언젠가부터 시어머니와 나 사이에 얇은 투명 유리막이 설치됐다 싶더니 점점 두꺼워져 갔다. 그러나 지금 가슴 속에서 뭔가가 퍽, 하고 깨지더니 얼굴과 마음을 가리고 있던 막이 허물어졌다. 콧속이 시큰해지고 눈자위가 뜨거워졌다. 이내 볼을 타고 더운 눈물이 주르르 흘러내렸다.

"흑, 흑, 어머니 죄송해요."

내 얕은 생각이 부끄러워 숨을 꺽꺽거리며 말했다. 턱이 경련하듯 떨렸다.

"뭐가. 내가 미안하지."

나는 시어머니를 덥석 끌어안았다. 눈물이 하염없이 턱 밑으로 흘러내렸다. 시어머니 어깨가 물받이라도 되는 양 눈물과 콧물이 축축하게 고였다. 시어머니는 내 등에 손을 붙이고 몸으로 울었다.

그가 사 준 밤빵 봉지가 방 가운데 묵직하게 놓여있었다. 가지런히 개어진 마른 수건과 옷가지가 새뜻하게 여겨졌다.

피어나는 설렘으로 밤새도록 뒤척이다 뜬눈으로 밤을 새웠다. 머리 안에는 찍다가 멈춘 동영상 수 편이 수북하게 쌓여있었다. 그가 찾아와서 고백하는 장면과 내가 찾아가서 물어보는 장면이 장소와 표정을 바꿔가면서 여러 편이었다. 날짜와 시간을 다르게 설정해서도 여러 편이었다. 심지어 입고 갈 옷을 색깔에 맞춰서, 종류에 맞춰서도 여러 편이었다. 내 표정은 하나같이 생기가 넘쳐 보였다.

결정을 내려야 했다. 시간이 더 흐르도록 놔둘 수 없었다. 그에게 직접 듣고 싶었다. 나는 머리를 감고 수건으로 물기를 없앤 후 플로럴향 에센스를 촉촉하게 발라서 긴 파마머리를 드라이했다. 빨간색 꽃무늬가 잘게 그려진 긴 플레어스커트와 상아색 니트 티를 입었다. 그 위에 카라 없는 올리브색 가죽 재킷을 걸치고 거울 앞에 섰다. 여태까지 새벽에 입지 않은 옷차림이었건만 거울 속엔 불그스레 피어나는 뽀얀 얼굴만 도드라져 있었다. 겉옷을 매만지며 집을 나섰다. 어제 듣기로 그는 오늘 일찍 나간다고 했다.

우람한 해가 찬찬히 산 위로 머리를 내밀었다. 하늘이 희붐하게 밝아 왔다. 휴대전화 앱으로 택시를 부르고 집 앞에 서서 기다렸다. 택시에 올라타면서 휴대전화 그립톡을 손가락 사이에 꽉 끼었다. 추석 명절이라고 각지에서 고향을 찾아온 사람들이, 썰물처럼 왔다가 밀물처럼 사라진 고향 새벽 거리는 한산했다. 언제든지 다시 찾아오라는 듯이. 나도 이곳에서 태어난 것처럼 이제껏 배어있던 추억이 여울졌다.

　택시가 언덕을 넘었다. 살가운 바람이 차 안으로 불었다. 그의 집 앞에 세워진 승용차가 서서히 내 시야로 다가왔다.

오해

명수가 오늘 시험 보러 올까. 종철은 텅 빈 교무실을 사수하려는 듯 일찍 출근했다. 새 학기가 엊그제였는데, 벌써 기말고사 시험 기간이었다. 시험을 보는 주인공은 이 주일에 한 번씩 일요일만 만나는 학생들이지만, 평일 반 학생들보다 끈끈한 관계였다. 왜 그러는지 곰곰이 되짚다가 세월이라는 단어를 훅 끄집어 올렸다. 정해진 나이에 정해진 정규교육을 받는 평범한 길을 벗어난 사람들. 그들이 세월을 거슬러 모인 방송통신고등학교에 종철이 교사로 재직했다. 누나, 형들을 앉혀놓고 가르치기 흉내 내는 건 아닌가, 설명하면 무슨 내용인지 이해하는가 싶어서 다그쳐 되물을라치면 머리를 긁적거리며 눙치는 장면이 자연스레 연출되곤 했다.

　종철은 출근하는 동료 교사들에게 묵례하고 교무실을 빠져나왔다. 종철이 접한 정보가 사실이라면, 명수는 오늘 학교에 오지 않을 공산이 컸다. 이번 조카들의 반란을 떼쓰는 어린아이 투정 달래듯

흐지부지 얼버무리기는 어려울 터였다.

며칠 전, 종철은 학교 담벼락 곁에서 고개를 수긋하게 한 채 서 있는 명수를 만났다.

"명수 씨, 시험공부 잘하고 있죠? 공부 너무 열심히 하느라 얼굴이 누렇게 떴네요. 건강도 잘 챙기면서 공부하세요."

평일 밤에 명수가 학교에 나타난 이유를 물어야 했건만, 대뜸 나오는 말이 시험공부 타령이었다.

"네, 선생. 님⋯"

동료 선생들과 퇴근하는 길에 던진 종철의 격려에, 명수는 화들짝 놀라며 대답했다. 종철은 고향 형인 명수를 명수 씨, 라고 불렀고 명수는 선생님이라고 불렀다. 학교와 다른 선생들 앞에서 은연중에 지키는 예의였다. 아무리 그래도 놀랄 일은 아니었다. 말까지 길게 늘여 빼는 명수의 표정이 종철의 생각 속으로 불쑥불쑥 나타났다. 뒷날 강석이 종철을 찾아오기 전까지.

종철은 삼 학년 이반 교실을 지나가면서 열려있는 앞문으로 슬쩍 교실 안을 살폈다. 먼 거리에 사는 사람일수록 빨리 온다더니 나이가 들어도 매한가지다. 두 시간 소요되는 거리에서 온 학생은 등교 삼십 분 전인데 벌써 도착해 있었다. 학기 초에 무심코 성실함을 칭찬했다가 그 학생이 정의 내리기로, 늙으면 잠이 없어서 그런다, 고 해서 적잖은 박수갈채가 쏟아졌다.

짐작대로 명수는 보이지 않았다. 아직 삼십 분이 남아 있으니 기다려 볼 일이었다. 종철은 복도 끝을 돌아 화장실로 들어섰다. 강석이 언제 들어왔는지 볼 일을 다 보고 나가다가 종철과 시선이 닿았다.

"선생님, 안녕하세요."

강석은 오른쪽 눈을 찡긋하면서 말했다. 입술은 덥수룩한 수염에 묻히고 누르스름한 치아만 보이며 웃었다. 종철은 발걸음을 멈칫하며 말을 더듬었다. 며칠 전 놀란 명수 얼굴이 떠올라 덩달아 놀란 기색으로 인사를 받았다.

"네. 안, 녕, 하세요."

풀쑥 나타난 성인 학생들이 인사하면 종철을 가르친 은사한테 받는 기분이랄까. 명수 못지않게 학교에서 예의를 잘 지키는 강석도 고향 형이었다. 고향 형들한테 '선생님'이라는 말을 듣는 건 그들의 졸업이 다가오는데도 여전히 어색했다.

강석은 족히 이 센티미터를 넘는 수염 길이를 고수하는 학생이었다. 흰색과 검은색, 옅은 회색이 공존하는 수염 때문에 강석은 동갑인 명수보다 더 나이 들어 보였다. '나는 자연인이다'라는 프로에 출연해도 무방하겠다는 생각을 종철은 매번 했다. 방송국에 제보하려고 마음먹고 시도하기도 했다. 그도 그럴 것이 강석의 집은 산속에 있었다. 다들 늦은 나이에 시작한 공부라서 강석이 특별할 건없지만, 강석의 생김새나 행동거지와 거주지를 고려하면 결코 예사로운 인물은 아니었다.

시험문제를 쑥덕대며 학생 두 명이 화장실로 들어왔다. 강석이 종철 곁을 팔자걸음으로 지나갔다. 종철은 뒷짐 지고 가는 강석을 상하, 좌우로 뒤적거리며 눈동자로 좇았다. 고향에서 같이 뛰놀던 개구쟁이 형 맞나. 강석이 입고 있는 등산 바지며 등산 잠바가 종철의 시선에 너덜너덜해진 것 같았다. 등산화까지. 강석이 뒤통수가 가려웠는지 몸을 돌릴 기색이 보이자, 종철은 화장실로 숨듯 튀었다. 화장실 첫 번째 칸 문을 밀고 들어갔다. 평소보다 느긋한 강석의 걸음을 생각으로 따라 걷다가, 명수를 떠올리며 눈꺼풀을 연거푸 깜빡거렸다.

*

　명수는 책을 만지작거리며 시계만 쳐다보았다. 곧 시험 시작이었다. 명수야, 학교 꼭 와라. 강석의 걸걸한 목소리가 전신을 휘감았다. 삼 학년이 되기까지 고군분투한 행적이 명수 심장과 뛰었다. 이 나이에 무슨 공부냐고 너털웃음을 보일 때, 명수를 적극적으로 지원한 사람이 명수의 형이었다. 형의 표현에 의하면, 우리 명수가 나한테 치어서 자기 자리도 못 찾고 희생만 했다, 고 했다. 이따금 주먹만 한 불덩이가 명수 가슴에서 쑥 올라오면 명수도 차별의 보상을 받고 싶었다. 언제나처럼 부모의 처분만 바랄 뿐, 속 깊은 명수는 데일 것 같은 가슴에 매서운 찬바람을 몰아서 넣곤 했다. 사실 따지고 보면 형은 공부를 잘했고 명수는 싸움질이나 했으니 명수도 할 말은 없었다. 단지 부모의 관심이 그리웠을 뿐. 형제지간의 보상이라는 게 동우회 회칙처럼 문서화 될 일도 아니고 굳이 따질

일도 아니었다. 뉘 집이나 희생양이라는 자리가 있으니까. 명수가 만든 위로의 경구다.

늦은 나이에 불붙은 명수의 학구열은 나이가 무색할 정도였다. 그러다 보니 자연스레 시기도 따랐다. 조카들이 눈살을 찌푸리며 형에게 대드는 걸 명수가 보고 말았다. 공부 못한 게 작은아버지 책임이지 왜 아버지 책임이냐고. 박사까지 할 태세이니 당장 멈추게 하라고. 겉으로는 책임 운운했지만, 형의 관심이 명수에게 쏟아지는 걸 경계한 눈치였다. 만만찮게 쌓인 형의 재산이 명수에게 나눠질 위협을 느낀 걸까. 조카들이 앞질러 간다는 생각이 들자, 명수는 망연자실했다. 이윽고 억지 말 비슷하게 내뱉고 말았다. 이까짓 게 뭐라고. 이 나이까지 장가도 못 간 놈이 무슨 공부겠냐. 걱정하지 마라. 다 관둘 거니까.

애석하고 원통해서 며칠 전 학교를 찾아갔다가 늦게 퇴근하는 종철을 만난 것이다. 돌연 종철이 나타나서 명수는 경직된 뺨을 문질렀다. 그런 명수의 모습을 종철은 공부 열심히 했다고 치켜세웠으니 얼마나 고마운 선생님인가. 명수는 뒤돌아서 눈물까지 훔쳤다. 그날 밤 강석을 찾아갔었다. 도인처럼 사는 강석과 같이 앉아서 공기만 마셔도 홀가분할 것 같았다.

강석은 그날 아내가 온다고 해서 일찍 집으로 왔다. 한 달 정도 기간을 두고 아내는 집안에 필수품을 채워 주었다. 형제들 싸움에 해결사를 자초하다가 오히려 상처만 입고 산으로 들어온 지 육 년

째였다. 도망친 꼴이었다. 아내는 인제 그만 집으로 오라고 하지만 강석은 목청을 가다듬을 뿐 대답을 미뤘다.

강석은 배움의 갈증으로 목마른 사람이었다. 부유하게 자란 가정 형편에 비해 만족할 줄 모르는 성격 때문인지 어디 가나 진득하게 어울리지 못했다. 자식들이 사회에서 입지를 다져가면서 아버지 학벌을 밝힐 자리가 생기면 초라해졌다. 부인할 수 없는 자격지심이었다. 언젠가 '인생에 너무 늦는 때란 없다.'라며, 구십오 세에 그림을 배워 구십팔 세에 첫 개인전을 연 할머니 기사를 읽었다. 솔깃해서 쭉 읽어 내려갔다. 기사의 마지막까지 다 읽자 숨이 턱 막혔다. 눈을 감고 숨을 깊이 들이마셨다. 할머니 나이를 떠올리니 복잡한 감정이 뒤엉켰다. 육십 중반을 넘어가는 자신의 나이를 계산하다가 강석은 갑자기 요란스럽게 환성을 질렀다. 그길로 공부할 방법을 수집했다. 일 학년에 입학해서, 돋보기를 코에 걸고 도대체 무슨 말인지 모를 땐 무작정 외웠다. 한 번에 외워지는 건 없었다. 한 번이 아니면 두 번, 두 번이 아니면 세 번. 방정식이 풀어지고, 세계사가 외워지는 건 기적이었다. 가슴에 박힌 미움, 원망, 연민이 사라져갔다. 벌써 삼 학년이다. 다가온 기말고사 시험을 위해 이번에도 영혼을 불태울 작정이었다.

봄밤을 구경삼아 암기라도 되뇌어 보려고 책을 들고 방을 나섰다. 애들이 생일이라고 사서 보낸 구두가 전기 불빛에 번쩍거렸다. 발을 꿰었다. 옷차림을 바꿔야겠구먼. 강석은 트집 잡으며 호통치던 자신이 아니라서 낯설었다. 기분은 괜찮았다. 컨테이너 철문을 열고 밖으로 나가려고 할 때 누군가 문을 두드렸다. 순간 어깨를 웅크렸다. 늦은 저녁에 이 산속까지 올 사람은 없었기 때문이다. 강석은 격앙된 어조로 입을 열었다.

"누구요?"

"나, 명술세."

문밖에 서 있는 명수의 등 뒤로 밤하늘의 별들이 엉성하게 엮여 있었다. 명수와 함께 컨테이너 앞에 놓인 평상에 나란히 앉아서 명수 조카들 이야기를 들었다. 강석은 듣기만 했다. 명수를 잡아 줄 사람이 필요했다. 아내가 삶아다 준 감자를 명수에게 건넸다. 매운 음식을 곁들이면 속이 뚫릴 것 같았다. 신김치를 양손으로 쭉 찢어 명수가 들고 있는 감자 위에 한 가닥 올려주면서 종철을 생각했다.

종철은 명수 일로 만나자는 강석의 전화를 받고 부랴부랴 밖으로 나갔다. 그렇지 않아도 궁금하던 참이라서 반가웠다. 고민하다 가 왔다는 강석의 말에 종철은 긴장했다. 탁자에 올려진 컵에 냉수 를 따라 마시며 강석의 말에 귀를 기울였다.

"명수가 꼭 졸업해야 하는지 모르겠다고 합니다. 선생님."

"선생님 빼요. 형."

종철은 군기가 들어있는 강석에게 경계 해제하라고 말했다.

본론부터 치고 들어오는 강석에게 잠깐만, 이라도 외치듯 종철은 적당하게 달구어진 불판에 흑돼지 삼겹살 두 줄을 올렸다. 소리와 연기가 행간의 역할을 했다.

"여기까지 어떻게 왔는데 졸업은 해야지. 명수 자식 네가 좀 말려 봐라."

금방 말투를 바꾸는 강석의 적응력처럼 고기도 잘 익었다. 명수의 상한 자존심을 세워야 한다는 이야기인데, 종철은 얼른 그러겠다고 말하지 못했다. 곁들어 익힌 김치와 삼겹살을 한 점, 두 점 먹어 치우면서 강석의 하소연에 고개를 주억거렸다. 늦은 공부가 누군가에겐 응원이 되지만, 누군가에겐 때가 있는 거라, 는 충고로 돌아온다고 했다. 결국, 도전하지 못한 자들의 넋두리에 불가하다고 종철은 정리했다.

종철은 삼겹살을 추가하려고 손을 들다가 화장실에 다녀오는 강석의 차림새가 뭔가 다르다고 느꼈다. 강석이 자리에 앉는 순간 번쩍거리는 구두가 보였다. 불판에 올라앉은 두툼한 삼겹살도 살갗을 태우며 연기를 번쩍거렸다. 냄새가 코를 타고 식도를 넘어가 배 속으로 먼저 안착했다. 익은 삼겹살을 상추로 싸서 한 입 넣고 강석을 향해 엄지손가락을 추켜세웠다. 입 안의 내용물이 위로 내려가고 혀를 움직일 공간이 생길 때쯤 목청을 돋우어 말했다.

"못 보던 구두네."

"애들이 시험 잘 보라고."

종철이 추켜세운 손가락 뜻을 알겠다는 듯 경쾌한 목소리로 강석은 대답했다.

미소가 떠나지 않는 강석의 표정이 어린애같이 보였다. 그 순간은 고향 선배라기보다, 사랑스러운 제자와 오순도순 앉아서 대화를 나누는 것이었다. 삼겹살 익는 냄새만큼 고소했다. 장가를 못 갔다는 명수의 쓴소리가 내심 귀에 거슬렸다.

종철은 뚝심이 있으면서도 말없이 혼자 떠도는 듯한 명수의 속이 궁금할 때가 많았다. 성인 학생들과 어울릴 때도 명수는 말없이 자리를 지키다가, 어느 순간 보면 사라지기 일쑤였다. 하지만 운동회나 학교 행사에는 앞장섰다. 그럴 때는 활동적인 명수였다. 종철은 명수 나이가 아쉬웠다. 반신반의하면서 알려주는 수학 공식으로 문제를 푸는 것도, 응용하는 것도 명수는 흥미롭게 해결했다. 따로 과외를 해 주고 싶을 만큼. 정규과정을 밟고 따라와도 힘든 고등학교 과정을, 훌러덩 건너뛰어서 시작하고 있지 않은가. 누군들 처음부터 늦게 공부를 시작하고 싶겠냐마는, 명수를 볼 때면 소위 때맞춰 공부했으면 뭘 해도 할 사람이라는 생각을 자주 했다. 명수가 한낱 조카들의 질투에 포기하거나, 또 누군가의 설득보다 스스로 헤쳐가길 바랐다. 늦게 시작한 공부인 만큼 제대로 해보겠다며 외치던 명수의 다짐이 달성되길 바랐다. 자신을 이기고 환경을 이기길 바랐다. 명수를 믿어보기로 했다. 종철은 시험 보는 날을 기다렸다.

*

"박 선생님, 아침부터 어딜 그렇게 오래 다녀오세요?"

오래는 무슨. 복도 따라 교실 한 바퀴 돌고 화장실 다녀온 것이 전부였다. 종철은 괜히 너스레를 떠는 주임 선생이 못마땅했다. 학생들한테 쪼끄마한 선물이라도 받으면 박 선생은 인기가 많아서 좋겠어, 하면서 빈정대듯 쪼는 말투의 달인이었다. 어떤 적을 선택하느냐에 따라 나의 가치가 결정된다는 프랑스 작가의 말이 떠올랐다. 종철은 주임 선생의 말을 그대로 수용했다. 시간이 많이 지났네요, 라고 대꾸하고 출석부를 챙겨 들고 도망치듯 교무실을 나왔다.

푹푹 찌는 여름을 끼고 학생들이 삼삼오오 짝지어 교실로 향했다. 삼십 대에서 칠십 대까지. 종철은 그들의 뒤를 밟으며 삼 학년 이반 교실로 들어섰다. 첫 시간 감독은 종철이 담임으로 맡은 반이었다. 나이를 초월한 학생들의 학구열을 진정시키듯 에어컨 바람이 땀을 순식간에 말렸다. 교실이 천국이네. 넉살스러운 학생들의 능청이 구수했다. 마냥 한가해서 온 사람이 있겠는가. 마음에 맺힌 공부의 응어리를 풀러 온 사람이 있는가 하면, 졸업 이력이 필요해서 온 사람도 여럿 되었다. 평일 반 학생들은 방과 후 학원 생활로 수업 시간에 잠자기 바쁜데, 저들의 눈은 종철에게 가르칠 맛이 나게 했다. 어찌 됐든 쉽지 않은 도전을 이뤄가는 성인 학생들의 의지가 종철은 대단해 보였다. 종철은 교직에 오래 몸담고 있으면서 마치 인생 다 산 사람처럼 학교와 집만 왕래하는 시간을 따져보았다. 어느덧 은퇴를 앞두고 있었다. 자신도 뭔가 도전해야겠다는 신념이 저들의 열정에 반사되어 종철에게 무구하게 펼쳐졌다. 칠판 앞을 서성이며 손목시계를 내려다봤다. 한 입에서 나오는 말처럼 동시에 학생들의 질문이 쏟아졌다.

"선생님, 오늘 시험 어렵지요?"

"선생님, 쉽게 낸다고 하셨으니까."

"많이 틀려도 되지요?"

처음도 아니고 삼학년이면 걸러지는 일도 있을 텐데, 더 잘하고 싶은 욕구가 얼굴에 가득했다. 종철은 헛기침하면서 배에 힘을 주고 말했다.

"크음, 열심히 하셨으면 좋은 결과 있을 거예요."

종철은 교탁 앞에 서서 고개를 돌려 교실을 한 바퀴 훑었다. 비어있는 명수 자리에서 시선을 멈췄다. 그러다가 강석에게 시선을 돌려 눈으로 질문을 하듯 미간을 잔뜩 찌푸렸다. 덥수룩한 수염을 오른손으로 매만지는 강석에게 방금 화장실에서 내비치던 여유는 보이지 않았다. 강석은 눈꺼풀을 별로 깜빡거리지 않고 입술 주위의 수염만 얕게 흔들었다. 종철은 조회를 간단하게 마쳤다. 학생들 수군거리는 말소리를 들으며 손목시계를 연신 눈앞으로 끌어왔다. 침도 자주 삼켰다. 아홉 시가 다되어가는데 명수는 그때까지 오지 않았다. 기말고사 한 번쯤 빠져서 졸업에 타격이 생기는 건 아니었다. 하나라도 놓치지 않으려고 질문하는 명수의 목소리가 들리는 것 같아서 씁쓸했다.

시험 시작하고 십 분 정도 지났을 때였다. 교실 뒷문이 삐죽 열렸다. 종철은 혹시나 하면서도 이마에 주름을 잡으며 날카롭게 쩨려보았다. 정수리 부분의 엉성한 머리 부분이 교실로 먼저 들어왔다. 느리게 머리를 세우며 얼굴의 윤곽을 드러냈다. 명수였다. 눈을 아래로 치켜들고 살금살금 걸어서 명수는 자기 자리에 앉았다. 종철은 명수에게 말없이 첫 교시 시험문제지를 가져다주었다. 대각선 자리에 앉은 강석이 반색하며 손을 흔들었다. 잠깐 괴성을 지르는 자태로 소리 없이 입을 뻐끔거렸다. 곧바로 볼펜을 들고 시험지에 줄을 그으며 눈으로 읽어가기 시작했다. 첫 교시 시험이 끝나자, 종철은 명수 곁으로 가서 어깨를 토닥거려주고 교실을 나왔다. 자초지종이야 시험 끝나고 들어도 늦지 않았다. 늦게라도 나타난 명수만 염두에 두기로 했다.

방송통신고등학교는 방송강의, 컴퓨터 통신 학습, 출석 수업 등의 교육 방법으로 진행한다. 벌써 오십여 년이 되어간다. 성인 중심이었지만 요즘은 학교에 적응하지 못하는 일부 학생들의 지원이 점점 늘어나는 추세다. 경계의 해체를 선동하는 포스트모더니즘의 영향이 아닐까.[1] 종철이 재직하는 고등학교도 사십 년 가까이 방송통신고등학교를 부설로 두었다.

시험 둘째 날은 사업차 외국을 나가는 학생이 미리 결석확인서를 받아 간 상태였다. 그 자리만 비었고 모두 등교했다. 당연히 명수도 일찍부터 등교한 상태였다. 종철은 명수와 강석을 보면 흐뭇했다. 신의 장난처럼 여겨지는 두 사람의 사연이, 그리고 운명의 조우가 정신을 칼칼하게 했다. 명수가 이번 기말시험을 보기까지 강

---

1) 한국민족문화대백과사전

석의 보이지 않은 노력이 그 증거였다. 강석은 지켜보자는 종철과 다르게 직접 찾아가 명수에게 애면글면했다. 입학식 날밤 풀었던 오해를 다시 되새기며 아까운 시간 그만 죽이자고, 하루를 일 년처럼 살아도 부족하다며 어깨를 토닥거렸다.

"별거 아니어도 특별하게 살면 되는 것이다. 태어날 때부터 특별한 사람 없어. 꿈만 꾸고 실천하지 못하는 사람보다 별거 아닌 거라도 꿈을 이루기 위해 실천하는 자가 이기는 것이다. 공부도 때가 있는 건데, 유별 떨지 말라는 어쭙잖은 충고에 우리 기죽지 말자."

명수는 오전 시험이 끝나자, 국어책을 꺼내 놓고 다음 시간 시험을 준비했다. 점심을 먹기 위해 다른 학생들은 급식실로 향했다. 종철은 교무실 창가에 서 있었다. 운동장에 못 보던 자동차가 획 들어왔다. 잘 차려입은 양복을 탈탈 털면서 남자 두 명이 내렸다. 양복 입은 두 남자는 교실 쪽으로 걸어왔다. 차를 운동장 한가운데에 주차하는 것부터 종철은 마음에 들지 않았다. 점심 식사하러 나가려는 교사 둘이 주섬주섬 챙기다가 종철에게 동참을 권했다. 종철은 주임 교사 눈치를 한 번 보고는 먼저 가라고 했다. 실은 양복 입은 두 남자가 아무래도 심상치 않았기 때문이었다. 교사들이 나가기 전에 양복 입은 두 남자가 먼저 문을 열고 들어왔다.

"최 명수 씨가 여기 학교에 다니죠?"

종철의 직감은 그대로 맞았다.

"그런데 누구신지요?"

주임 교사가 의자를 빙글빙글 돌리다가 딱 멈추면서 물었다.

"저희 작은 아버지이신데요. 며칠 전화를 받지 않아서. 여기 오면 만난다고 해서요."

강석에게 들은 정보로 단번에 명수를 훼방하러 온 걸로 종철은 짐작했다. 사냥총을 들고 꿩을 맞추던 때가 생각났다. 까마득한 옛날 일이지만, 쐈다 하면 종철의 촉감에 꿩들이 덥석 걸려들었다. 총을 장전하고 싶었다. 치사한 자식들. 작은아버지가 공부를 좀 한다는데 그게 뭐 그리 집안 망할 일이라고 여기까지 찾아와. 못된 놈들. 당장이라도 멱살을 잡고 쥐어박아 주고 싶었다.

"아, 지금 점심시간인데 교실에 있을까 모르겠네요. 급한 일 아니면 시험 끝나고 만나시죠."

딱 잘라 말하는 주임 교사가 달라 보였다. 종철은 새삼스레 고마웠다.

"잠깐이면 됩니다."

종철은 앞으로 나서면서 곁눈질했다.

"명수 담임인데. 나 따라와요."

점심시간을 이용해서 공부하는 학생 대여섯 사이에 명수가 보였다. 그들을 복도에 세워두고 종철은 교실로 발을 들어 넣었다. 명수의 책장 넘기는 소리에 종철의 발소리가 묻혔는지 공부에 불이 붙은 명수의 정신이 종철의 발소리를 묻어 버렸는지 명수는 종철이 다가오는 걸 몰랐다. 종철이 책상 위를 손으로 노크하자 명수가 고개를 들었다.

"선생님, 점심 안 먹어요."

리듬을 타는 말투였다. 명수가 종철에게 장난칠 때면 하는 목소리였다. 학교에서 예절을 지키는 선에서 하는 농담으로. 잠깐 밖으로 나가보라고 말하면서 명수 등을 떠밀었다.

"나 참, 딴 데 정신 파느라 시험공부를 못 해서 죽겠구만, 우리 선생님 나를 방해하시네."

명수는 못마땅하다는 듯이 잔뜩 혀를 차며, 느리게 걸어서 밖으로 나갔다. 밖은 조용했다. 종철은 두 손을 깍지 끼고 코밑에 갖다 대면서 명수 자리에 앉았다. 강한 날숨이 종철의 손등에 세차게 내려앉았다. 점심 식사를 마치고 교실로 돌아온 강석이 턱짓으로 상황을 물었다. 오해는 애초에 잘라야 한다는 호기심 어린 강석의 저 눈빛. 종철은 강석의 눈동자를 빤히 보고 술술 책을 넘기듯 기억을 넘겼다. 문득 삼 년 전 입학식 날 밤에서 기억이 멈췄다.

*

그해도 손에 익은 일답게 무심코 반 명단을 받았다. 낯익은 이름이 뇌와 눈을 일시에 당겼다. 최 명수와 박 강석. 종철은 친형처럼 따랐던 두 사람 이름과 같아서 흔연하게 과거로 빠졌다. 잠시뿐이었다. 까마득하게 잊고 있던 의구심이 종철의 생각에 똬리를 틀기 시작했다.

며칠 뒤, 입학식을 마치고 교실을 찾았다. 출입문 벽 윗부분에 반

표지판 두 개가 상하로 나란히 부착되었다. 위는 주일 반, 아래는 평일 반. 종철은 윗부분에 시선을 맞추며 들어갔다. 방학 동안 새로 단장한 책상과 의자, 교탁에 학생들도 신입생들이었다. 세월의 여파로 두꺼워진 피부, 패인 주름살, 눈두덩이 살이 내려와 세모눈을 한 중년 남자와 여자는 별반 차이 없었다. 원인 모를 풋풋함은 작년과 달랐다. 기실 형들이 앉아있을까 하는 마음에 학생들을 휙 둘러보았다. 종철은 바뀐 집기류 탓으로 돌리고 출석부를 펼쳐 들었다. 순서대로 한 명씩 호명하다가 덜컥 걸려드는 이름이 있었다.

"최 명수."

"네."

종철은 대답 소리가 나는 쪽으로 슬그머니 고개를 들었다. 순간 입술이 벌어지더니 미소가 억제되지 않았다. 명수가 잔뜩 상기된 낯빛으로 종철을 흐뭇하게 바라보았다. 종철은 동시에 강석을 떠올리며 기대치를 우주만큼 키웠다. 고개를 두리번거렸다. 종철이 알고 있는 강석이 보였다. 좀 전엔 왜 몰라봤을까. 강석의 옹졸한 입술이 눈에 확 들어왔다. 수염에 가려있어 더 옹졸하게 보였다. 종철은 눈이 자꾸 커졌다. 교탁 아래로 손을 내려 허벅지를 꼬집었다. 진짜였다. 진짜 두 형이 종철 앞에 앉아있었다. 몇 명 학생을 더 부르고 나서 강석을 불렀다.

"박 강석."

"네, 선생님."

공부하러 온 학생이 확실하다는 듯 강석은 호칭까지 덧붙여 대답했다. 종철은 신이 나기도 했고, 수줍기도 했고, 궁금하기도 했다. 형들을 앉혀놓고 선생으로 가르친다는 건 대단한 이슈였다. 종철의 인생에서. 왜 그렇게 갑자기 떠났냐고 묻고 싶어서 좀이 쑤셨다. 종철은 중학교에 진학할 때쯤 서울로 이사했고 몇 년 뒤 아버지를 따라 고향에 방문했을 때 형들은 이미 이사 가고 없었다. 앞서거니 뒤서거니 하면서 두 집이 다투듯 떠났다고 했다. 그 누나도 보이지 않았다. 종철의 머릿속에는 안달 난 질문들이 떠돌아다녔다. 오십여 년을 공중에 붕 던졌다가 지금 눈앞에서 잡았으니 무리도 아니었다. 정신없이 조회를 마쳤다. 명수와 강석은 자진해서 교무실로 찾아왔다.

하교 후 셋이 간 곳은 강석의 집이었다. 북적대는 서울 시내를 지나 비스름한 길을 따라 올라간 산속. 강석의 차를 타고 한 시간은 족히 달렸다. 울창한 숲에 다다를 땐 음습한 기운도 느껴졌으나, 묵은 보따리에서 나오는 뜨뜻한 이야기가 즉시로 덮어주었다. 강석은 두 사람 표정을 힐끔거리며 걱정하지 말라는 투로 말했다. 다와 간다. 앙상한 가지들이 완연한 봄을 기다리는 산속을 누비며 달리다가 컨테이너 집 앞에 차가 멈췄다. 터줏대감처럼 집 옆에 길게 뻗은 커다란 벚꽃 나무는 사월을 기다리고 있었다. 봄눈처럼 벚꽃이 날리길 상상했다. 석양을 바라보며 봄바람이 꽃잎을 흩뿌리는 미래를 더해 보았다. 셋은 산속 날씨는 아랑곳하지 않고 삼월이라서 봄인 걸 인정하고 싶은 듯 평상에 나란히 앉았다. 강석 옆에 앉아있던 명수가 불현듯 종철 옆으로 자리를 옮겼다. 가운데 앉게 된 종철은, 목덜미를 문지르며 앉는 명수 옆얼굴을 주시했다. 불만이 있다는 것인가. 종철은 그럴 리 없다는 듯 호탕하게 껄껄 웃었다. 명수는 집안 형편을, 강석은 체질 핑계를 대며 느지막이 고등학교에 들어온 이유를 밝혔다. 명수는 얼굴을 찡그렸고 강석은 침을 꿀꺽 삼켰다. 교무실과 차 안에서 중구난방으로 오가던 대화를 잇대듯 종철이 먼저 입을 열었다.

"형들은 서로 연락하고 지낸 거야?"

"아니, 나도 명수랑 다시 연락한 지 얼마 안 됐어."

강석은 씻어 내놓은 오이를 한 입 베어 물면서 대꾸했다.

"학교에 접수하러 왔다가 명수 만나고 얼마나 반갑던지."

명수가 상추에 돼지보쌈 한 점과 마늘, 고추를 올리더니 한입 가득 넣었다. 표정으로 씹는 것처럼 얼굴까지 오물거리며 씹었다.

"쟤가 나를 먼저 알아보더라고. 저 녀석은 유난히 눈매가 매웠잖아. 지금도 저 수염을 하고 눈 한번 흘기면 아무도 옆에 못 가."

대충 목구멍으로 넘기고 명수가 말을 받았다. 강석의 입술은 수염을 밀치면서 벌어졌다. 짜식.

"술은 안 하시나 보네."

종철이 끼어들었다. 명수와 강석은 약속이라도 한 듯 둘 다 고개를 흔들었다. 학교 들어가면서 끊었다고 이구동성으로 답했다. 종철이 젓가락을 들고 서너 점 남은 보쌈을 뒤적거리다가 더 이상 궁금해서 못 참겠다는 듯 질문했다.

"그때 말이야, 강석 형네 집에서 일하던 분 지금은 어디에 계셔?

우리가 왜 누나라고 불렀잖아. 아마 형들보다 한두 살 많았다고 했
는데.”

　부랴부랴 이사한 이유를 묻고 싶었으나, 종철은 웃돌려 물은 것
이다. 명수와 강석이 고향을 떠난 내막에 그 누나의 행방이 숨어
있을 거라는 추측이 넘실거렸다. 대꾸해야 할 둘은 일시에 입을 함
구했다. 명수는 앉은 자리에서 발을 들썩들썩하며 다리를 꼬더니
금방 교차했다. 마치 강석 옆에 앉지 않은 이유가 밝혀졌다는 듯.

　그 누나는 부유하게 살았던 강석이네 집 도우미였다. 그때는 식
모라고 불렀다. 거기서 받은 수입으로 동생들을 뒷바라지했다. 궂
은일을 도맡아 하면서도 꿋꿋하게 버텼지만 아무래도 어울리지 않
은 직업이었다. 키도 크고 얼굴도 예쁘장하며 긴 생머리에 늘씬한
몸매까지. 종철은 당시 남학생이라면 그 누나를 한 번쯤 마음에 품
었을 걸로 짐작했다. 누나가 개울 앞을 지날 때 명수가 두 손을 맞
잡고 쳐다보던 일을 종철은 잊지 못했다. 눈자위까지 꾹꾹 누르고
있는 명수를 개의치 않고 약 올리고 싶어졌다. 입을 삐죽거리며 명
수를 올려다보았다. 강석이 대뜸 입을 열었다.

　“죽었어.”

　종철은 멈칫했다. 강석의 짧은 대답이 가히 충격적이었다. 갑자
기 명수가 기다렸다는 듯 자리를 박차고 일어섰다.

　“강석이 놈 때문이었어.”

　속에 쌓인 불만을 전부 쏟아낼 태세로 한숨을 몰아쉬며 명수가
말을 뱉었다. 중년 남자들 곁에서 살랑살랑 불던 봄바람이 을씨년

스러운 바람으로 변해서 평상 주위를 맴돌았다. 강석이 젓가락을 상에 던지듯 툭 내려놓았다. 바람 소리만 더 커졌다. 웃고 떠들던 순간이 무거운 침묵 속으로 사라져 버렸다. 산속은 밤이 빨리 찾아왔으므로 강석의 컨테이너 집 모퉁이 달린 전등은 어둠 속에서 더 밝게 빛났다.

"명수 너 그렇게 생각하고 있었어?"

강석이 심연에서 건진 듯한 목소리로 입을 열어 정적을 깼다.

"그때 네가 그렇게 말하지만 않아도 죽지는 않았어."

강석은 명수의 독백 같은 대답이 예사롭게 들리지 않았다. 번뜩 학교 앞에서 먼저 알은체할 때 눈을 희번덕거리던 명수를 떠올렸다. 오랜만에 만났는데 꺼림칙했다. 누나를 건져낸 저수지 앞에서 명수가 자기 목살을 잡고 이글거리며 쏜 눈빛이 되살아났다. 그때 명수는 씩씩댈 뿐 아무 말도 하지 않았다. 자살로 사건이 처리되자마자, 부모 손에 이끌려 서울로 이사한 터라 강석은 바뀐 환경에 순응하고 말았다. 그대로 시간도 감정도 인생도 주저앉히고 만 것이다. 가끔 원인 모를 초조함으로 숨고 싶다는 욕구가 치밀어 오를 때면 명수의 눈빛이 여지없이 꿈속을 장악했다. 깨어나면 얼얼한 가슴을 안고 몸서리를 쳤다. 그때마다 시간이라는 약을 꿀꺽꿀꺽 삼키며 무뎌지길 바랐다. 강석은 가슴이 답답했다. 시간도 효과가 없었다는 생각이 들자, 목덜미까지 뻣뻣해져 왔다. 이젠 벗어나고 싶었다. 강석은 입안이 바짝 타들어 갔다. 떨리는 목소리를 마른침과 함께 삼키며 명수를 향해 쏘아붙였다.

"내가 뭐라고 했는데!"

"누나가 강석이 너를 좋아했다고. 근데 너는, 너는."

명수 목소리가 메아리가 되어 밤공기를 찢었다. 종철은 화기애애한 분위기를 망친 사람이 자신이라는 죄책감이 스멀스멀 올라왔다. 명수 어깨를 툭 치며 팔을 끄집어 당겼다. 그때 강석이 물러서지 않았다.

"말해, 자식아. 응큼한 녀석. 별것도 아닌 것이 혼자 특별하게 굴어. 너는 그때나 지금이나 네가 뭐 대단하고 특별한 줄 알아. 말해, 자식아."

명수가 도저히 안 되겠다는 말투로 받아쳤다.

"그래, 나 별거 아니다. 너는 얼마나 특별한데. 자식아. 부모 잘만나서 고생 모르고 산 놈이 고작 산속에서 처자식 버리고 이 꼴로 사냐? 너는 그때 누나 마음 알면서 일부러 그랬어."

"뭘, 뭘. 어?"

강석은 호흡을 거칠게 몰아쉬면서 명수를 응시했다. 사위가 잡아당긴 고무줄처럼 팽팽했다.

"누나가 그날 밤 날 찾아왔었어."

명수는 낮은 목소리로 말을 계속했다.

"강석이가… 누나는 이 남자 저 남자한테 인기 많아서 심심할 날 없겠다고 하는데… 자기 마음을 어떻게 보여줘야 할지 모르겠다고. 내 앞에서 훌쩍거렸는데 나도 그냥 보냈어. 그렇게까지 할지 몰랐어. 죽을 줄은…."

명수는 목이 메었다. 자리에서 일어나던 강석은 파르르 떨리는 몸을 주체하지 못했다. 무릎을 꿇고 절규하며 흐느끼다가 콧물로 범벅이 된 입으로 말했다.

"난 몰랐어. 그 말 때문인지. 누나가 나만 보길 바라서 투정 부린 건데. 명수 너를 나보다 좋아하는 거 같아서. 흑, 흑."

주위의 어둠이 더 무겁게 가라앉았다. 종철은 죽은 누나를 찾아가서 묻고 싶었다. 진짜 죽은 이유가 뭐냐고. 두 남자가 오십 년이나 오해할 만큼 쥐고 있는 죽음의 진실이 뭐냐고. 종철의 의구심은 쌀쌀한 초봄 밤 날씨 탓인지 바로 수그러들었다. 죽은 누나는 찾아갈 수 없으니까.

명수는 두 팔을 늘어뜨린 채 평상에 앉아있었다. 강석은 눈물을 훔쳤다. 그러더니 명수를 지나쳐 종철에게 시선이 멈췄다. 종철은 영화 엔딩 장면을 찍듯 한참 동안 둘의 눈빛에서 빠져나오지 않았다. 이제라도 앙금이 씻어지길 바라면서.

*

사흘 동안 치른 기말고사가 끝났다. 졸업까지 한 학기가 남았다. 바로 여름방학이었다. 어제까지 긴장한 학생들의 표정이 금세 느슨해졌다. 이맘때면 종철은 정들었던 학생들을 떠나보낼 준비를 미리 했다. 이번은 은퇴를 앞둔 일과, 따르던 형 두 명이 졸업하니 더할 나위 없이 울적했다. 어제 다녀간 명수 조카들 이야기도 궁금했지만, 참았다. 어제는 종철이 바빴고 명수의 자존심이 걸린 문제라서 종철도 강석도 조용히 기다리는 중이었다. 명수가 먼저 입을 때길.

조회가 끝나고 졸업 여행 갈 학생을 조사했다. 교실이 웅성웅성했다. 여학생들은 무슨 졸업 여행이냐며, 안 간다는 쪽이 많았다. 종철은 명수와 강석을 번갈아 쳐다보았다. 둘 다 손을 들었다. 명수의 표정이 이십 대 청년으로 돌아간 것처럼 파릇파릇했다.

"당연히 가야죠. 선생님. 포기하지 않은 저를 칭찬해야죠. 이젠 뭐든 자신감을 가지고 할 겁니다. 우리 조카들이 이번에 졸업 여행에 찬조금을 내고 싶답니다. 작은아버지 기를 팍팍 살려 주고 싶다고. 우리 형이 무슨 방법을 썼는지. 허허. 같이 갑시다."

강석은 자리에서 일어나 명수에게 가더니 큰 덩치를 덥석 안아 올렸다. 종철은 교탁에 서서 학생들을 한눈에 담았다. 반 학생들은 갑자기 함성을 지르고 손뼉을 치며 환호했다. 고등학교 졸업하면 대학에 진학하겠다는 학생, 아동센터에서 당당하게 애들을 가르치는 봉사 하겠다는 학생, 손자 손녀들에게 자랑할 거라는 학생. 누가 물어보지도 않았는데 교실은 학생들의 포부를 밝히는 시간이 되었다.

"저기 칠판 위에 운동화 한 짝이 올려져 있네. 비싼 신발을 이놈들이."

갑자기 최고 연장자인 학생이 호통치듯 말했다. 종철은 아마 평일 반 학생들이 장난을 치다가 운동화를 두고 간 모양이라고 해명

하듯 말했다. 부모 같은 성인 학생들이 부모 입장으로 혼내는 것이
리라. 운동화를 두고 집에 가다니. 부모는 저거 사 주려고 허리 휘
면서 일하는데. 동조하는 목소리가 혀를 차면서 번져갔다.

　종철은 이유를 알아볼 테니 오해하지 말라고 했다.

풀 카운트

토요일 경기를 고려해서 집을 나섰다. 아들은 잠실역에서 내려 매표소까지 종종걸음으로 걸었다. 앞서가던 강아지가 뒤따라오는 주인을 확인하듯 바삐 걸으면서도 자꾸 뒤돌아서 나를 찾았다. 내가 아내와 싸우고 나가서 며칠 만에 집에 들어온 터라 불안해하는 것 같았다. 툴툴거리는 아내를 피하고 싶어서 아들만 데리고 나온 죄책감의 발로인지도 모른다.

　다행히 경기 시작 전에 도착해서 원하는 좌석도 고르고 선수들 몸 푸는 광경도 보게 되었다. 아들은 선수들 이름을 입에 올리며 난간을 잡고 폴짝거리다가 물었다.

　"아빠, 나성범 나왔어?"

　홈런볼 받을 욕심으로 외야수 쪽에 앉아서 내야수까지 거리가 먼 탓이었을까. 한참 고개를 두리번거리던 아들의 콧구멍이 넓어지더니 감탄사가 터져 나왔다.

"와, 와, 맞다. 진짜 나성범이다."

야구장에 데려와서 고맙다는 함성으로 들렸다. 아빠 노릇 제대로 한다고 아들에게 격려받는 듯해서 기분이 부풀어 올랐다.

우리나라에 프로팀을 처음 창단한 스포츠가 야구다. 야구는 학창 시절 사나이들의 심장이었다. 사나이 심장박동이 아들에게도 전해졌을까. 무심한 아빠지만, 아빠가 기아 타이거즈 팬이라면서 아들도 덩달아 응원했다. 프로야구가 개막하면 경기 중계를 도맡았다.

올해 프로야구가 개막하고 한 달이 지났다. 두 팀은 시즌 초반부터 우승을 예고하듯 맛깔나는 경기를 펼쳐갔다. 기아 타이거즈는 전라도와 광주지역의 열혈 팬을 갖은 구단이다. 팬들의 응원은 해태 시절의 명성을 그리워하며 야구장을 뜨겁게 달구었다. 초등학생 아들도 쉬지 않고 엉덩이를 들썩거렸다. 다이아몬드 모양의 초록 세상에서 인생 한판이 시작되었다.

양 팀은 팽팽한 흐름으로 오 회 말을 보냈다. 육 회, 칠 회를 지나 팔 회 초. 드디어 기아 타이거즈 사 번 타자 최형우가 쓰리런 홈런을 날렸다. 이루와 삼루에 나가 있는 두 명의 선수를 홈으로 불러들이고 뒤이어 최형우도 홈을 밟았다. 양팔을 휘저었다가 양 주먹을 쥐고 허공에 못질하는 액션은, 야구장 열기를 끌어올렸다. 삼 점 차이가 나기 시작했다. 두산 베어스 선수들은 자존심 탈환의 불씨를 지폈다. 구 회 말 두산은 타자를 자주 교체했지만, 결국 기아 선발투수 양현종이 승리투수가 되는 기회를 막아내지 못했다. 기아의 승리를 예감하면서 아들은 아예 의자에 앉기를 포기했다. 나는 노란 방망이 풍선 두 개를 맞부딪히면서 토끼처럼 뛰는 아들과 같이 환호성을 질렀다.

  이틀이 지나도 아내는 여전히 기분이 풀리지 않았는지 출근하는 나를 쳐다보지 않았다. 이사 와서 일 년 사이에 뼈만 남았다 해도 믿을 만큼 수척했다. 나는 심호흡을 크게 하고 빌라 출입문을 밀고 나왔다. 뭘 하나라도 제대로 해라. 나에게 채찍질했다. 결혼하고 집 안 꼴이 갈수록 변변하지 못한데, 누구를 탓할 것인가.
  시내버스 정류장에 다다르자, 이른 아침부터 사람들이 모여들었다. 젊은 여자가 늦었다는 듯이 손목시계를 내려다보며 허겁지겁 걸어왔다. 아내를 보는 것 같았다. 버스에 올라타 자리에 앉으면서 기억 속의 아내를 옆에 앉혔다. 아내는 눈에 콩깍지가 끼어도 단단히 끼어서 나를 몇 번 만나 보고 덜컥 결혼식을 올렸다. 나는 고향 유지라는 영향력으로 은행에서 대출받아 프렌차이즈 치킨 가게와 우유 대리점을 아내와 함께 운영했다. 보기 좋게 빚만 떠안고 말았다. 아내가 허둥대며 빚을 돌려막은 보람도 없었다. 결국 대리점과 은행만 좋은 일 시킨 셈이었다. 버티다 못해 작년에 끝내 객지 생활을 선택한 것이었다.
  역을 두 군데 환승하고 현장에 도착했다. 날씨에 구애받지 않는 용접 기술을 배웠더니 비가 와도 불러만 주면 일이 가능했다. 처음에는 지게차나 사다리로 높은 곳을 올라가 철골 건물을 지었다. 아찔했다. 덜 위험하고 수입이 더 나은 용접을 찾았다. 실내 금속 장식 용접이었다. 실내 용접은 빔 공사 용접과 달랐다. 그라인더로 넓은 철판을 자르고 커팅기로 파이프를 절단한 다음, 용접기로 붙여 모양을 만들었다. 근사한 예술작품이 되곤 했다.

건물 안에서 사장이 오른손을 들며 나를 불렀다. 꺼림칙한 생각이 수그러들었다. 일요일도 야근시키냐며 어제 버럭 화를 내고 현장을 나와 버렸다. 눈썰미가 좋아서 금방 배우는 나를 사장은 좋아했지만 다른 직원들은 견제했다. 며칠 전 사장이 새로 꾸린 팀에 나보다 열 살 어린 직원이 끼어 있었다. 아크용접을 아직 배우지 않은 나에게 으스대는 꼴이라니. 고향 같으면 어림도 없는 일이었다. 꾹꾹 참다가 터지는 성격으로 낭패 본 일이 한두 번 아니었기에 참고 있지만, 언제 터질지 몰랐다.

"형님, 오른쪽으로 해요."

아침 체조를 끝내자마자 열 살 어린 직원이 용접기를 들고 지시했다.

"왼쪽으로 철판을 붙이면 더 빠르겠는데."

"그냥 하시죠."

아침부터 비아냥대며 면박 주는 말투였다. 나는 눈알을 굴리다가 말고 등을 돌리고는 내 생각대로 용접했다. 수월하게 일이 끝났다.

"어, 이것이 아닌데. 이상하네."

녀석은 뭔가를 찾아서 보여주려는 듯이 두리번대다가 주저앉더니 아닌데, 하며 중얼거렸다. 나는 서 있었으므로 녀석의 뒤통수를 내려다보는 자세였다. 손을 들어 퍽 소리 나게 쳤다. 녀석이 일어나서 질세라 내 뺨을 때렸다. 나도 맞공격을 했다. 제법 요란했다. 현장 소장이 뒤에서 나를 안는 바람에 독한 육탄전으로 번지지 않았다. 나는 속이 든든한 느낌이었다. 고향에서는 체면 차리느라 참는 일이 허다했다. 참다가 속 터지면 잠적하거나 버럭 소리 지르기가 고작이었다. 속 깊다는 말을 들을수록 내 안의 아이가 웅크려 들었다. 나의 표면은 듬직함으로 점철되어야 했으므로 갈등이 생기면 숨기에 바쁜 어른이 되었다.

반장이 현장 철수라고 외쳤다. 나와 녀석 때문에 현장에서 쫓겨난 것이었다. 나는 반장 뒤에서 어정대다가 따라가서 공구를 챙겼다. 나이 많은 놈이 좀 참지. 나지막한 반장의 목소리에 목구멍이 죄어왔다. 되돌리고 싶었다. 내 속을 눈치라도 챈 듯 반장은 팔꿈치로 내 옆구리를 찔렀다. 전화 왔어. 작업복 조끼 주머니에서 벨 소리와 불빛과 진동이 세트로 요동쳤다. 아내였다.

"여보, 현태가 눈을 감았는데, 눈동자가 다 안 덮여."

다급한 아내의 목소리가 무섭게 들렸다.

"별일 아니니까 병원에 가봐."

나는 애써 무심하게 대꾸했다. 평소 나에게 심드렁해도 아들에게는 관심을 쏟아붓는 아내의 호들갑이라고 간주했다. 어제까지 멀쩡하던 아들이었다. 요새 싸운 일로 아침까지 냉랭하던 아내가 나를 겁주려는 작전 같았다. 한 시간 뒤에 아내에게서 다시 전화가 왔다. 공포의 섬광이 지나갔다. 야구장에서 펄쩍펄쩍 뛰며 환호하던 아들 모습도 스쳐 갔다. 아내는 흐느끼는 목소리로 어렵사리 말을 전했다.

"의사가, 여기에서는, 치료 못 한다고….."

"뭐? 아침에 자는 거 보고 나왔는데, 왜!"

나에게 묻고 나에게 망연자실해서 명한 어투를 아내에게 흘려보냈다. 소견서 들고 영등포에 있는 안과로 간다는 말만 남기고 아내의 목소리는 사라졌다. 혹시 별일 아닌데, 내가 아직도 고향 환상에 빠져 사니까 일부러 심각하게 군다고 의심했다.

아침에 어수선한 사건은 오후까지 이어졌고 현장 안전 점검 문제로 반장은 왔다 갔다 바빴다. 나는 뒤늦게 책임감이 생긴 듯이 후딱 현장을 빠져나가지 못했다. 사십을 넘은 적지 않은 나이에 타지에서 적응해 가기는 쉽지 않았다. 성실하게 기술을 알려준 반장의 은혜를 욱하는 성질로 배반한 꼴이었다. 반장은 현장 철수하고 저녁 먹자며 직원들을 다독였다. 주위가 어두워져 갈수록 나는 마음이 바빠졌다. 저녁까지 먹고 들어갈 정도로 아내의 목소리가 호들갑으로 여겨지지 않았다.

아침에 갔던 길을 되밟으며 집으로 향했다. 도중에 휴대전화로 유튜브 영상을 보면서도 아내한테 전화를 걸지 못했다. 두려웠다. 버릇처럼 어깨를 웅크렸다. 시내버스 정류장에서 집까지 경직된 걸음걸이로 걸었다. 빌라 출입문에서 삼 층을 올려다보니 불이 켜져 있었다. 아내와 아들이 멀쩡하게 집에 있을 거라고 주문을 걸었다. 저녁 밥상을 차리는 아내의 어깨가 풀어져 보여 안도했다. 지친 표정이었지만 당장 무슨 일이 일어난 건 아니었다.

"의사가 퇴근 시간에 도착해서 CT만 찍고 왔어. 내일 결과 듣기로 했으니까 같이 가."

기력 없는 아내를 보면서 무슨 말을 해야 할지 몰랐다. 아들 머리를 쓰다듬으며 밥상 앞에 앉았다.

"반장님, 오늘 일하러 못 나가요. 병원에 아들 결과 보러 가야 돼요."

반장은 다른 현장이 바로 연결되었는지 새벽 일찍 전화했다가, 내 대답을 듣고는 잘 다녀와, 하면서 차분하게 끊었다. 팀 꾸린지 얼마나 되었다고 안 나오냐고 따지면 곤란할 일이었다. 일이 쉽게 풀렸다. 검사 결과도 좋을 거라는 생각이 들자, 하루 쉴 요량으로 여겨졌다. 학교 담임에게 연락도 했다. 일찍 끝나면 서울 구경이라도 시켜 줘야지. 곧 다가오는 아내 생일까지 끌어다가 붙였다. 무심코 좁은 부엌 창문에 눈길이 닿았다. 작년에 이사 와서 선풍기를 끌어안고 여름을 보낸 일이 떠올랐다. 올해는 대책이 필요했다. 새삼 아빠이고 남편이라는 자리가 인식되었다. 고향에서는 보지 못한 자리였다. 결혼하고 아들이 태어나도 마음속에 더 자라야 할 아이와 머뭇거렸다. 억눌린 감정에 사로잡힌 마음의 거스러미 때문에. 이젠 내가 아빠 역할만 잘하면 아무 문제 없을 것이다. 내일은 올여름을 시원하게 보낼 방법을 찾아볼 심산이었다.

병원으로 면접 가는 차림을 하고 아내와 아들은 쭈뼛댔다. 나도 깔끔하게 차려입었다. 용접 때문에 여기저기 구멍 난 옷을 벗고 오랜만이었다. 의사 만나서 결과 듣고 혹시 약이 처방되면 약국까지 갈 시간을 대충 계산했다. 안과만 있는 병원이라고 했다. 고향에서 종합병원 들락날락했던 경험을 더듬었다. 병원에 도착하자, 순간 살짝 몸이 흔들렸다. 생각보다 안과 진찰과목이 다양했다. 병원도 컸고 의사 진찰실도 많았다. 길 헤매기 선수인 아내가 어제 병원을 어떻게 돌아다녔는지. 어리둥절한 아내와 아들은 나만 따라다녔다. 잠적할 때 이곳저곳 기웃거리며 겁 없이 다니던 천성이 쓸모 있었다.

접수하고 담당 의사 이름이 적혀진 진찰실 앞으로 갔다. 아들 이름이 불리기를 기다렸다. 아들 얼굴에 개구쟁이 미소가 간간이 비추었고 아내는 긴장한 듯했으나 혼자 앉아있었다. 병원에서도 사람들은 여전히 바쁘게 지나다녔다. 이곳은 서울이었다. 가끔 기분 따라 잠적하고 기분 따라 나타나서 일을 메꿔도 나를 찾아주는 고향이 아니었다. 뭐든 책임을 다해야 인정받았다. 아침에 계획했던 여름 대비 방책을 구상하면서 진료실 문을 뚫어져라 쳐다보았다.

"이현태 어린이."

엉겁결에 일어나 아내와 아들을 따라서 진찰실로 들어갔다. 환자인 아들은 의사 앞에 앉았고 나와 아내는 아들을 지키듯 쩔러 섰다. 의사는 나보다 나이가 많아 보였다. 가지런하게 잘린 머리카락과 남색 티셔츠가 하얀 의사 가운을 돋보이게 했다. 내 안에 있는 아이가 비루한 나를 동정했다. 나도 더 배웠으면 뭐라도 되어있지 않았을까. 의사가 적막을 깼다.

"혹이 너무 커서 우리 병원에서는 치료가 힘듭니다."

준비했다는 듯이 계속 말을 쏟아냈다.

"혹이 망막에서 뇌까지 연결되는 시신경을 감싸고 있어서 혹만 제거하기 어렵습니다. 우리나라에서 치료할 병원도 몇 군데 없습니다."

의사의 소견은 분명했다. 그리고 한마디 덧붙였다.

"안구를 적출 할 수도 있습니다."

약간 누그러진 목소리에 의사도 사람이구나, 싶었다.

아들의 눈동자가 다 덮이지 않은 이유는 혹이 너무 크기 때문이었다. 그 혹은 하루아침에 생기지 않고 어려서부터 지금까지 자랐다고 했다. 아들은 지금 열한 살이다. 도대체 언제부터 자라고 있었단 말인가. 주먹을 쥐고 눈을 부릅떴다. 전학한 학교 도서관에 책이 많다고 싱글벙글하는 아들의 얼굴이 불려 나왔다. 아내가 공부 때문에 이사 왔다고 아들에게 일러둔 터라, 하루아침에 학교가 바뀌어도 되려 여기저기 관심이 많았다. 아내도 은근히 편안해하는 눈치였다. 은행 빚 돌려막지 않으니 당연한 일이었다. 가족이 적응 잘하면 잘된 일인데 나는 마음 한쪽을 삐딱하게 비틀어서 가족을 대했다. 그러느라 이제 왔냐. 여태까지 뭐 했냐. 내게 따지고 들었다. 잠적할 곳도 없었다. 소리를 지르지도 못했다. 손톱 끝이 손바닥을 찔러 혈관을 막은 듯 손끝이 아려왔다. 그래도 주먹을 펴지 못했다.

진찰실을 어떻게 나왔을까. 우리나라에 몇 군데 없다는 병원 중에서 한 곳을 정해야 했다. 순간 섬뜩한 기운에 끌려 고개를 돌렸다. 아내가 진찰실 바닥에 주저앉아서 어깨를 들썩거렸다. 힘줄이 훤히 보이는 노르스레한 손으로 병원 바닥을 마구 쳐댔다. 결혼하고 이제까지 견딘 억울함을 다 쏟아내듯 울부짖으며, 통곡으로 병원 실내를 덮었다. 나는 아내를 먼저 일으켜 세웠다. 기다린 듯 대기한 택시를 타고 신촌에 있는 대학 병원에 도착했다. 입구에서 안과를 찾는데도 시간이 꽤 걸렸다. 접수하고 신경 쪽 담당 진찰실로 배정되기까지도 마찬가지였다. 그나마 소견서를 내밀어서 시간이 단축되었지만 놀란 가슴엔 사사건건 더디기만 했다. MRI 검사를 하고 다시 기다렸다. 순서대로 환자들이 진찰실로 들어갔다 나왔다. 대기자 명단이 한 명 지워지고, 두 명 지워지고, 바로 앞사람만 나오면 아들 차례였다. 진찰실 문이 느리게 열렸다. 진찰실 밖으로 나오는 젊은 남자는 오른쪽 눈에 안대를 차고 육십 대 정도 되어 보이는 여자와 걸어 나왔다. 어머니 같았다.

"한쪽 눈이라도 살려줘서 정말 고맙습니다."

그녀는 의사한테 큰절을 올릴 자세로 고개를 숙였다. 안대를 찬 젊은 남자는 오른쪽 안구가 없다고 했다. 현태도 오른쪽 눈에 혹이 있었다. 뒤통수가 당겨오더니 오한이 들었다. 멀쩡하던 위장까지 경련을 일으켰다. 아내가 아들 손을 잡고 들어가자, 나도 부랴부랴 따라 들어갔다. 의사가 MRI 사진을 한참 들여다보다가 입술 윤곽이 뚜렷한 입을 열었다.

"혹이 너무 커서 약물치료가 안 됩니다. 수술밖에 없는데 시신경을 잘라내야 합니다."

두려운 말들이 귀에 첩첩이 쌓였다. 의사는 수술에 필요한 몇 가지 검사를 요구했고 자세한 사항은 집으로 연락하자며 말을 맺었다. 진찰실 밖으로 기어가는 걸음으로 걸었다. 아내는 현태를 안고 다시 울었다. 나는 입술을 파르르 떨며 고개를 떨구고 말았다. 비굴했다. 아내는 잔소리가 잦았을 뿐, 아들 양육에 정성이었고 아들도 공부 잘한다고 칭찬이 자자했다. 나만 문제가 많았다. 땅을 파고 굴을 만들어서 숨고 또 숨었다. 술에 정신을 맡긴 날이 태반이었다. 나도 잘하는데 몰라주는 아내와 아들이 밉기까지 했다. 내 속의 아이가 아빠 노릇을 하는 동안 아들의 눈에서는 혹이 자랐다. 내가 현태 아빠였다. 아들에게도 인정받지 못한다고 분을 삼켰던 것이었다. 그런 내가 여태까지 마셔온 공기도 아까웠다.

아들에게 이사 와서 못 해준 호강을 몰아서 시켜주었다. 죄책감을 씻어야 했다. 핸드폰으로 주문 앱을 누르고 치킨이며 피자를 아들이 좋아할 법한 메뉴로 골랐다. 가격을 눈치 보는 아들을 호탕하게 안심시켰다. 치킨 뼈가 발릴 때면 내 속이 벗겨지는 것 같았고, 살코기를 씹는 아들 입에 내가 씹히는 것 같았다. 차라리 씹히고 싶었다. 줄곧 곁에 있다가 어느새 사라졌다가 돌아온 아내가 벌게진 눈을 감추느라 수선스러웠다. 아들 곁에 앉아 소고기가 수북한 피자 한 조각을 뜯어 건넸다. 아내는 눈가가 촉촉이 젖어 있었다. 나는 속으로 나를 질책했다.

며칠 뒤 소아 혈액종양내과에서 약물치료를 한다고 연락이 왔다.

적출이 아니라서 다행이라는 생각도 잠시뿐이었다. 아들이 소아암을 치료하는 약물을 맞게 되었다. 요즘 암이 흔한 병이라지만 말로만 듣던 고통을 내 아들이 겪게 된 것이다. 암 덩어리를 제거하려고 독한 약물을 아들 몸으로 집어넣어야 하며, 아들은 누구도 대신 맡아주지 못하는 부작용을 홀로 견뎌야 하는 것이다. 내 심장이 갉아 먹히기 시작했다.

입원 전날 아들을 안방에 재웠다. 방이라고 해 봤자 덜렁 방 두 칸에 옷가지며 허드레 짐을 쌓아놨으므로 등대고자는 사람 기준으로 안방과 아들 방을 구분했다. 요 며칠 갑작스러운 왕자 대접에 피곤했는지 아들은 금세 잠이 들었다. 흑흑. 아내가 억지로 음 소거를 해놨다는 듯이 눈물을 쏟았다. 원망을 모조리 뱉어내며 나를 비웃는 소리로 들렸다. 사방을 막고 헤어나지 못할 협박으로 나를 욱여싸는 것 같았다. 탈출구가 필요했다. 아내는 다니는 직장을 그만두려면 후임자가 정해져야 했기에 내가 아들을 맡았다.

일 차 항암치료가 시작되었다. 지인이 언질을 주어서 아들은 미리 짧은 머리를 했기에 빠진다 해도 놀랄 일은 적었다. 주사와 링거 바늘을 타고 약물이 아들 몸으로 들어갔다. 토하고, 못 먹고, 죽은 듯 잠자기를 반복하다가 퇴원했다. 아들은 살아있었다. 신도림역에서 전철을 바꿔 타기 위해 계단을 올라가 걸어도 다녔다. 간이의자에 아들과 나란히 앉아서 전철을 기다렸다. 시선을 앞으로 던져 플랫폼을 건너다보다가, 순간 호흡이 가빠지면서 몸이 경직되었다. 지팡이로 앞을 더듬으며 어딘가를 심각하게 찾는 청년을 본 것이다. 앞을 보지 못하는 사람이 분명했다. 단정한 회사원 복장의 청년은 멀리서 보아도 듬직했다. 청년은 갔던 길을 다시 돌아서 지팡이로 움직였다. 몇 번 같은 동작을 반복했다. 동시에 진찰실 앞에서 고맙다고 인사하던 젊은 남자의 어머니가 내 기억을 덮쳤다. 입을 굳게 다문 채 아들 손을 세게 쥐었다.

이 차 치료 때는 일 차와 다르게 아들에게 야구공과 글러브를 사주었다. 한 번 갔던 야구장의 짜릿함이 약 냄새를 사그라뜨린다면 내 계획이 성공한 셈이었다. 글러브가 아들 손에 헐거웠다. 아들은 개의치 않고 야구공을 퍽퍽 던졌다. 아들이 병원에 왜 왔는지 잠시라도 잊어버리길 바랐다. 꼬물대는 손가락이 계속 꼬물대길. 치료가 시작되자, 다시 토하고, 못 먹고, 죽은 듯 잠자기가 반복되었다. 삼 차도, 사 차도 아들은 이겼다. 짧았던 머리카락이 가루처럼 씻겨져서 민머리가 되었다. 그래도 아들은 살아있었다. 계획한 약물치료가 끝나고 MRI를 촬영했다.

"혹 크기가 줄지 않았습니다."

의사는 가만히 팔짱을 끼면서 말했다. 그래도 안구는 적출 하지 않았다.

올해도 KBO 한국 시리즈 우승팀이 가려졌다. 약물치료 중간에 한 번이라도 야구장에 가자고 아들과 약속했는데, 꿈같은 계획이었다. 아들은 야구 중계 영상을 누워서 겨우 관람하는 수준으로 경기를 보았다. 약물치료를 마치고 집으로 돌아와서 일주일은 그마

저 어림도 없었고 다시 입원하는 전 주는 유일한 희망처럼 붙잡았다.

정규시즌 일위부터 한국 시리즈 우승까지 거머쥔 야구팀은 불꽃을 사르는 형태로 모여서 환호했다. 뒤이어 폭죽을 높이 쏴서 운동장을 달구는 현장이 스포츠 뉴스를 타고 집 안 구석구석으로 중계되었다. 아들은 말이 없었다. 글러브 속으로 야구공만 들랑날랑 번거롭게 했다. 나이에 어울리지 않게 가끔 장탄식으로 주위를 놀라게 할 뿐이었다. 아들 속에 답답한 내가 보였다. 싫어도 좋아도 표현하지 못하는 나와 속 깊고 의젓한 척 버티는 나. 늦가을 날씨 따위는 상관없다는 듯이 땀이 등줄기를 타고 흘렀다. 힘내라고 말해야 하는데, 미안하다고 말해야 하는데 입이 굳게 닫혔다. 마음에 가둬둔 어린 내가 안절부절못하며 일 년 전으로 나를 데려갔다.

경기도로 이사 와서 한 달쯤 지났을 때였다. 아직도 시선은 구직앱을 뒤지고 마음은 한강 다리 위에 올라와 있었다. 나만 바라보는 아내에게 초등학생 아들을 맡기고 죽어도 될까. 아니 죽고 싶었다. 차라리 죽어버리면 나의 초라한 모습은 보지 않아도 되는 것이었다. 내 호출이면 열을 제쳐 놓고 달려오던 친구들은 다 내 곁을 떠났다. 은행에 연대보증인으로 세운 지인에게도 연락을 끊었다. 카드 돌려막기를 포기했으니 신용불량자가 되는 건 시간문제였다. 나는 주소지도 불분명하니 실제로 존재하지 않은 사람이었다.

직장을 구한다는 구실을 내세우고 집을 나왔다. 공원 끄트머리에 있는 긴 의자에 앉아 휴대전화를 들여다보았다. 한심한 내가 동

영상의 알고리즘을 타고 계속 나타나서 속삭였다. 어느 순간엔 엄마가 내 월급봉투를 받아들고 속절없이 웃기만 했다. 어려운 집안 살림 돕는다고 칭찬하는 엄마는 내 바람 속에서만 살았다. 해가 내 머리 위에서 서쪽을 향해 반쯤 흘러간 시간이었다. 나는 포장마차가 즐비한 골목에 서 있었다. 시계 같은 아내가 주머니 속 휴대전화를 괴롭혔다. 나는 기어코 외면했다. 발길이 닿는 포장마차로 들어가서 술잔을 마주했다. 오늘도 한잔하고 눈뜨면 죽어 있어라. 내 손으로는 못 죽으니 술이여 나를 죽여라.

눈을 뜨니 낯선 물체가 사위를 둘렀다. 눈꺼풀을 깜빡거렸다. 빛과 어둠이 교차했다. 경계선에서 담벼락에 붙어있는 물체를 잡아냈다. 사람이었다. 검은색 줄 세 개가 그어진 운동화를 오른발은 신고 왼발은 벗은 채 웅크리고 앉아있었다. 그의 뒷모습이 나를 불렀다. 만나기로 한 사람처럼 가까이 갔다. 그는 술을 마신 내 코에도 역겨울 정도로 알코올로 찌든 악취를 위장에서 뿜아댔다. 도대체 술을 얼마나 마신 거냐. 뱃속에 무얼 섞은 거야. 그는 엉덩이를 아예 땅에 버렸다. 두 팔과 다리는 연체동물처럼 땅바닥에 늘어져 있고 입은 밤공기에 떠도는 유해 물질을 다 마실 기세로 벌려져 있었다. 나는 오른손 검지로 찔러대고 혀로 쯧쯧거리며 조소했다. 얼마나 냉담한 눈길로 내려다보았을까. 갑자기 머리를 시작으로 양팔과 등을 지나 허벅지와 발바닥까지 경련을 일으켰다. 아뿔싸, 나였다. 나는 나를 붙잡고 해롱거리며 일어났다.

정신을 차렸을 땐 하루가 지난 후였다. 휴대전화를 꺼내 보았더

니 아내의 노한 흔적으로 도배가 되어있었다. 걱정하지 말라고 큰
소리 뻥뻥 치고 나왔는데 전화를 받지 않았으니 오죽했을까. 담벼
락에 붙어있는 남자를 원망했다. 목구멍 안쪽이 뜯겨나가듯이 쓰
라렸다. 돌아온 나에게 던진 아내의 원망은 한 맺힌 울분이 되어
집 안 곳곳에 처박혔다.

아들은 고향을 벗어나 경기도에 와서도 여전히 공부를 잘했다.
교육을 위해 이사 왔다는 아내의 말이 사실이 되어갔다. 아내는 보
증인들이 다녀간 저녁에 내게 황급히 전화해서, 형편을 보고 갔으
니 오히려 마음 편하다고 했다. 또다시 일상을 살아가며 군살이 들
어찰 작은 여유도 주지 않았다. 매일 치열하게 살아가면서 아내의
얼굴에는 점점 활기가 사그라들었다. 그 무렵 아들이 자꾸 넘어진
다고 했다. 내가 보기에는 아무렇지 않게 학교에 다녔으므로 그때
도 아내의 호들갑이라고 여기고 상관하지 않았다.

방사선 치료가 시작될 무렵부터는 아내가 전담으로 아들과 동행
했다. 약물치료 초기에 아내는 중간중간 전화해서 흐느꼈다. 노심
초사 후임자를 기다리던 아내의 바람이 약물치료 중간쯤에 이뤄진
것이었다. 아내에게 전해 들은 이야기는 눈으로 직접 보는 것처럼
처참했다. 캄캄한 방사선 치료실로 아들 혼자 들여보내 놓고 사지
가 떨렸다고 했다.

"현태처럼 민머리를 한 애들이 방사선실 앞에 줄지어 앉아있는
데 무서웠어. 여럿이 앉아있는 나도 이렇게 무서운데 혼자서 저 어

두운 곳을 들어가는 내 아들은 얼마나 무서울까. 따라 들어가고 싶은데 그건 안되고…."

아내가 자는 아들을 내려다보며 굵은 눈물을 뚝뚝 흘렸다. 나는 턱을 깊이 파묻고 고통스럽게 숨을 내뱉었다. 보름 정도 지났을 때, 아내는 아들이 전철 안에서 토했다며 피눈물을 흘렸다. 비닐봉지에 쓸어 담는 토사물이 아들의 피 같았다고. 사람들이 북적대는 전철 안에서 아들은 속을 끓여 올리느라 힘들었겠고 당황했을 아내는 숙련된 모성애로 상황을 수습했을 것이다. 집에서 병원까지는 버스와 전철 그리고 택시를 이용해야 닿는 거리였다. 아랫배가 뒤집히는 것 같았다.

스물여덟 번의 방사선 치료를 몇 회 남겨 놓고 아들은 무너졌다. 나는 아들을 아내에게 맡기고 일을 가야 했다. 쪼들리는 살림이라도 해결해주고 싶었다. 아내는 병원 의자에서 누워있다가 돌아왔다며 어깨를 축 내려트렸다. 그래도 아들 안구는 적출 하지 않았다. 안간힘을 다해 버티며 생사를 오가는 아들의 투병은 내 속에 자라지 못한 어린 나에게 주먹질해댔다.

다가구 주택은 집 앞이 쓰레기 수거 장소다. 아내가 쓰레기 버리는 규칙을 알려줘도 휙 던지기 바쁜 나처럼, 상자 줍는 사람은 상자 안에 들어있는 쓰레기는 아랑곳하지 않고 뒤엎었다. 이른 출근길에 개의치 않고 지나치던 광경이 민망하게 보였다. 주머니에 찔러넣은 손을 빼서 널브러진 쓰레기를 한곳으로 모았다. 냉혹한 칼

바람에 밤새 굳어버린 쓰레기를, 흩어졌던 시간을 다시 모아서 정리하듯 자원해서 치웠다.

매서운 겨울은 하룻밤 사이에 새해로 옮겨갔다. 올해는 일주일에 한 번씩, 한 시간 정도 링거를 맞는 약물치료로 바뀌었다. 아들은 오른쪽 시력을 잃었고 혹은 그대로 남았지만, 안구는 적출 하지 않았다. 왼쪽 시력 유지를 위해 병원에서 무한한 시간을 보내야 할지 모른다. 아내는 듬성듬성 이라도 등교하게 되었다며, 가벼운 신음을 내뱉었다. 아들은 시무룩했다. 병원 다녀오다가 친구들을 보면 전염병 환자처럼 숨는다는 아내의 말이 기억났다. 코로나로 마스크 착용이 자연스러운데도 고개를 푹 숙인다고. 아들은 조금씩 머리카락이 자라는 중이었다. 통통했던 볼살이 빠져서 오른쪽 눈이 더 튀어나와 보였다. 그래도 야구공을 꽉 움켜쥐고 포수와 사인을 주고받는 투수처럼 이따금 고개를 흔들며 살아있었다.

소아암 대상자들의 온라인 학교에서도 아들은 학교 진도를 훨씬 앞질러 갈 만큼 명석했다. 야구 중계와 더불어 야구 역사까지 섭렵했다. '야구의 추억'이라는 책을 단숨에 읽고 나를 가르치려 들었다.

"아빠, 우리나라 최초 프로야구가 언제 출범한 줄 알아?"

나도 야구라면 빠삭한데 정확한 연도를 몰라서 우물쭈물했다.

"1982년인데. 그럼 우리나라 최초 홈런왕이 누군지 알아?"

"김봉연이다. 이놈아!"

책을 넘기면서 또 문제를 찾는 아들을 바라보며 나는 미소를 쉬지 않았다.

　나뭇가지에 희끗희끗 남은 눈 뭉치가, 화창한 봄볕에 꿈틀거렸다. 나는 아들을 데리고 학교 운동장으로 나갔다. 방구석에서 툭툭 던지던 장비들을 모두 챙겨 들었다. 아들은 마스크를 반드시 착용해야 했지만, 반달 모양 눈을 줄곧 유지했다. 빨간 모자를 쓴 아들과 파란 모자를 쓴 나. 아내는 노란 모자를 쓰고 히죽히죽했다. 가족 모두 나눌 대화거리도 생겼다. 초구에 스트라이크를 던져야 하냐고, 날아오는 공이 무섭지 않냐고, 홈런을 치면 잡을 수 있냐고. 야구에 관한 질문과 대답은 계곡을 지나 바다로 흘렀다. 아내는 멍한 눈으로 이따금 입술을 깨물다가도 대화에 끼어들어 손뼉을 치며 웃었다. 우리는 던지고 받는 것만으로 신이 났다. 배트를 만지작만지작하면서 나는 전설 같은 일화를 꺼냈다.
　"해태에 김봉연이가 대형 교통사고를 당하고 한 달 만에 경기에 나왔어. 발목에 깁스하고 더그아웃에 앉아있었지. 타격 차례를 기다린 선수를 빼고 자기가 타석에 나갔는데 그때 홈런을 쳤어. 그래서 그해 MVP를 먹었어. 한 방의 사나이지!"
　남자에게 한 방은 중요하다. 하지만 도망쳐서 치는 한 방은 필요 없다. 나는 배터박스 근처에서 기지개를 활짝 켜고 목을 앞뒤로 돌렸다. 정오의 볕살이 응원하듯 우리 가족 주위를 부유했고, 아들은 마운드에 서서 야구공 쥔 손을 글러브 속에 넣고 고개를 끄덕였다. 외야수로 자진해서 나간 아내가 엄지손가락과 검지를 동그랗게 붙여 보이며 함박웃음을 지었다. 마스크 위에서 아들의 눈동자가 불꽃같이 빛나 보였다. 왼쪽 시력만으로 본다고 믿기지 않았다. 아들은 가는 팔로 빨간 모자를 한 번 만지더니 일급 투수 못지않은 자세를 취했다. 눈에 있는 혹을 강풍기로 불어내듯 내게 공을 던졌다. 벌써 삼 이닝째다. 지금 스트라이크가 두 개이고 볼이 세 개다.

이제 어쩔 것인가. 나는 파란 모자를 벗었다. 오른쪽 눈에 안대가 벗겨지지 않도록 나의 민머리 주위에 둘러있는 밴드를 잘 고정했다. 아들의 왼쪽 시선과 나의 왼쪽 시선이 거리를 초월해서 동시에 맞닿았다. 아들의 눈이 커지더니 입을 벌리는 모양으로 마스크가 들썩였다. 물러서지 말자. 삼진 아웃은 안 된다. 포볼도 안 된다. 나는 엉덩이를 뒤로 쭉 빼고 배트 잡은 손에 힘을 넣었다.

나르키소스

여자는 엄마를 벗어나기 위해 결혼을 계획했다. 결단하고 작전에 돌입했으나, 만남과 이별을 반복할 뿐이었다. 벌써 몇 번째인지. 엄마한테 결혼계약서를 들키고, 집안을 시베리아 벌판으로 만든 첫 실패가 기억 선반에 올려져 있다.

 여자의 친구 몇 명이 탈출계획을 암암리에 알게 되었다. 그중 한 명의 소개로 어제 그 남자를 만났다. 묵혀놨던 계획을 펼쳐야 했지만 요즘 들어 발화점이 약했다. 결말이 헛되게 누적되어 가는 탓일까. 어제도 혹시나 하고 나갔다. 그런데 남자가 다정하고 괜찮았다. 그동안 많이 보아 온 준수한 외모-이를테면 짙은 눈썹, 오뚝한 코, 두툼한 입술 등-뒤로 살짝 비치는 무엇에 자꾸 끌렸다. 여자는 수줍어하는 미소라고 정의했지만 어쩐지 석연치 않았다.

 "희진 씨, 어제 만난 최기민입니다."

 역시 모를 일이었다. 남자의 목소리는 수줍은 미소가 나올 수 없는 데시벨이었다. 이번에는 기필코 성공해 보이리라는 마음으로 여자는 기다렸다는 듯이 대답했다.

"어머, 진짜 전화하셨네요."

한 시간 뒤에 여자의 집 근처로 온다고 했다. 밀어붙이기까지. 궁금증은 살을 더 찌우는 중이었다. 여자는 기억 속에서 사례들을 꺼냈다. 두 번째. 세 번째. 아니 두 사례를 조합해야 하는 사람이야. 다섯 번째 사례가 더 적합할까. 기억이 사례 속에 남자들을 불러 모아 둥근 탁자에 둘러앉혔다. 그들과 탁상공론을 펼치는 여자에게 일갈을 가했다. 툭하면 성공을 외치는 결혼이, 사례 수집용에 불과하잖아! 엄마를 핑계 삼아서.

처음에 여자는 엄마가 고른 맞선 자리에 고분고분 응했다. 여자의 학벌과 미모까지 소문이 나자, 결혼 조건이 점점 넓혀지더니 여자가 이십 대 후반일 때 최고에 달했다. 양친 명성, 재력, 학벌, 신체 무결, 존경이 마르지 않을 직업까지. 여자는 돌파구를 찾아 나섰다. 조건보다 열렬한 사랑을 강조하며 맞선 자리를 거부하기에 이르렀고 실제로 연애를 시작했다. 만나는 사람마다 결혼 조건도 그다지 나쁘지 않아서 엄마도 잠잠하다고 짐작했다. 차츰 나이가 들면서 엄마가 수그러들었다고 생각했는데 오히려 반대였다. 여자가 지치길 호시탐탐 노리며 기다린 것이었다. 심리적 압박이 여자의 숨통을 조여왔다. 새삼스레 의문이 파고들었다. 무엇을 위해 엄마가 수그러들길 기다린 것인가. 여자는 조건 없는 사랑을 원한 건지, 엄마를 속물로 내세워 조건충족을 원한 건지, 헷갈렸다. 분명한 건

왕자가 찾아와서 마법이 풀린 백설 공주처럼, 여자는 불투명한 시간에 누군가가 생기를 불어넣어 주길 기다린다는 것이다.

여자가 집 밖으로 나왔을 때 그 남자가 자동차 곁에서 기다렸다. 노란 장미꽃 한 다발을 안은 남자가 촌스러웠지만, 싫지 않았다. 여자는 또각또각 구두 소리에 마음을 숨겼다. 마치 레드카펫 위를 걷는 것처럼 겨울 볕을 조명 삼아 남자를 향해 걸었다. 하얀 이가 방정맞게 감춰지지 않고 드러났다. 매서운 찬바람도 아랑곳하지 않았다. 이런 일이 처음인 양, 여자는 이틀 만에 흡입되는 상황을 의심하지도 않았다. 이제야말로 자기편을 만났다는 설렘으로 마음을 불그스레 물들였다.

지금껏 내세운 조건이 무색할 정도로 여자는 급상승 선으로 남자와 인생 그래프를 그려갔다.

"희진 씨, 필요한 거 있으면 언제든지 말하세요."

빈말이 아니었다. 기민 씨, 매콤한 거 먹고 싶어요, 하면 남자는 당장 가야지요, 하고는 양손에 가득 들고 나타났다. 치즈 듬뿍 올린 매운 떡볶이, 매운 닭발, '땡초' 김밥을 내밀며, 뭘 좋아할지 몰라서요, 했다. 바로 옆에서 대기하고 있는 사람 같았다. 휴게소에 들러서 반건조 오징어라도 먹을 때면 여자가 먼저 좋아하는 몸통을 가져갔다. 식당에서도 자리에 앉으면 으레 여자가 먹고 싶은 음식이 선택되고 갈등 없이 먹게 되었다. 마치 벙어리 삼룡이가 아씨를 바라보는 눈빛이라도 받은 듯 여자는 태연한 척했다.

만남은 둘을 넘어서 친구들 동반으로 이어졌다. 친구도 자주 바뀌었다. 그럴 때마다 남자는 여자 자랑을 빼놓지 않았다. 내 여자친구, 예쁘지? 명문대 나왔고 부모님들도 훌륭하셔. 할 말은 아직도 많지만, 아낀다는 말투로 한마디 덧달고 종결했다. 애들 가르쳐. 친구 커플과 동석해도 마찬가지였다. 친구 부인이나 여친들의 눈초리를 받았지만, 남자는 그럴수록 여자를 치켜세웠다. 심지어 남자의 친구들도 남자의 장단에 박자를 맞추었다.

"희진 씨, 기민이를 요즘처럼 부러워한 적이 없어요."

세상이 여자를 중심으로 돌아가는 기분이었다. 여자는 남자와 있을 때면 중동 국적기 일등석에서 비행하는 듯했다. 심지어 육지에 착륙해도 계속 비행하라는 듯 살포시 손을 내밀 것 같은 남자. 남자는 백두산 천지에 궁전도 지어 줄 것만 같았다. 여자가 자기중심성을 놓치고 싶지 않아 발버둥 칠 때마다 여지없이 불안이 동반되었다. 여자는 남자가 종일 자기 레이더 안에 잡히지 않으면 하던 일을 멈춰 버렸다. 마치 시공간을 초월해서 동일체로 움직여야만 자기중심성이 유지될 것처럼 노력도 아끼지 않았다. 간밤에 잠은 잘 잤는지, 오전에 만난다는 외국 구매자는 잘 만났는지, 점심은 누구랑 먹는지…. 환대와 찬사를 몰아 다 주는 남자. 여자는 희생이 필요하다면 기꺼이 감수할 태세다.

갑작스레 커플 모임이 잡혔다고 남자가 데리러 오기로 했다. 네 시에 잡힌 학생들의 논술 지도를 마치고 일곱 시까지 준비하려면 시간이 빠듯했다. 쉬는 시간을 발판 삼아 옷차림, 화장상태, 마지막 타임 전달 사항, 사무실 단속까지 챙겼다. 모자란 시간을 비집고 휴대전화 벨 소리가 끼어들었다. 남자였다. 압력이 확 빠진 음성이었다.

"데리러 못가. 혼자 와."

생경한 어조였다. 이유를 찾으려고 궁리하다가 여자는 차라리 서두르자고 마음을 다독였다. 허둥대며 약속 장소에 들어섰다. 겉옷을 벗어 의자에 두르는 친구, 컵을 들고 물 마시는 친구, 메뉴판을 뒤적이는 친구들이 보였다. 여자는 몇 분 늦게 도착했지만, 평소 이미지에 크게 벗어나지 않은 듯해서 환한 얼굴로 인사했다. 그 생각에 동참이라도 하듯 희진 씨, 일 끝내고 오느라 고생했어요, 하며 맞은편에 앉은 남자의 친구가 여자를 맞이했다. 먼저 와 있던 남자가 고생은 뭐, 하며 여자를 일별했다. 유쾌해야 할 자리에 찝찝함이 방석처럼 깔렸다. 힘 빠진 목소리에 평소 같지 않은 남자를 보며 여자는 스스로 답을 정했다. 안 좋은 일이 있는 거겠지.

갓 구운 바삭한 식빵이 서빙되었다. 발사믹 식초를 위에 얹은 올리브 기름이 곁들여졌다. 당연히 여자에게 먼저 와야 했지만, 어찌된 일인지 친구 부인에게로 갔다. 남자의 손이 여자를 외면한 것이었다. 잠시 후 여자가 주문한 봉골레가 나왔는데 남자는 손도 까딱하지 않았다. 일행이 남자의 얼굴을 대각선으로 힐긋힐긋 쳐다보았다. 정면으로 눈을 맞추면 혼나기라도 할 것처럼. 어머, 조개가 무척 싱싱하네요. 분위기를 바꾸려는 여자의 말솜씨가 어설펐다. 반복되는 상황이 이어졌다. 샐러드가 수북이 담긴 루콜라 피자가 나오자, 남자가 친구 부인에게 먼저 건넸다. 여자는 급하게 출발한 차가 빨간불에서 급정지하듯 끽, 하는 목소리로 말했다. 샐러드까지 신선하네요. 곧 울 것 같았다. 벙어리 삼룡이 마음을 뺏던 여자도, 희생하겠다는 여자도, 까닭도 모르는 남자의 행동에 시르죽고 말았다.

작별 인사하고 각자 헤어졌다. 여자는 남자와 단둘이 남았다.

"무슨 일 있어? 왜 그러는데."

"일은 무슨. 저녁 맛있게 먹고 왜 그렇게 민감해?"

여자는 순간 몸이 경직되었다. 식당에서 본 홀변한 남자의 태도도 낯선데 질문의 답을 민감함으로 눙치는 남자가 야속했다. 속이 부글거렸다. 더 이상 대화를 피하고 싶었다. 그래야 품위라도 지킬 것 같았다. 끓어오르는 속을 식히듯 싸리 눈이 흩뿌리기 시작했다. 머리에 가득한 단어가 싸리 눈 속으로 꽁무니를 뺐다. 그렇게 불만을 머금고 남자의 차에 탔다. 말없이 가다가, 말없이 집 앞에서 내렸다.

남자와 연락이 끊어진 지 일주일이 지났다. 햇살은 눈치도 없이 커튼 사이로 밝게 비집고 들어왔다. 여자는 다급히 휴대전화를 집어 들었다. 잠깐 사이에 문자가 왔을지도 몰라. 새벽까지 잠을 설치다 그야말로 잠깐 눈을 감았다. 쿵쾅쿵쾅. 심장이 여자의 기대에 부채질하듯 머리와 마음을 두들겨댔다. 휴대전화를 사이에 두고 손바닥을 맞댄 후, 코끝으로 끌어당겼다. 숨을 고르며 화면을 두 번 두드렸다. 여자의 마음을 대변하는 것처럼 거무스레한 하늘을 바탕으로 한 배경 화면이 나타났다. 미확인 문자, 카톡, 없었다. 혹시 잠결에 읽지 않고 확인만 해버린 문자나 카톡도 없었다. 휴대전화를 잡은 왼손에 힘을 주고 오른손 검지를 꼼꼼하게 순찰시켰다. 남자에게 보낸 여자의 발신 전화와 읽지 않은 카톡만 누적되어 있었다.

여자는 일주 전으로 생각을 돌려, 공기가 줄어드는 밀폐실에서 죽음을 기다리는 목소리로 일러두었다. 집에 오는 길에 먼저 말을 걸었어야 했어. 그냥 민감했다고 해야 했어. 데려다줘서 고맙다고 해야 했는데. 여자는 부풀어 오르는 자책으로 금방이라도 질식할 것만 같았다. 말라가는 장미 꽃다발도 여자가 문제라고 동조하는 것 같았다. 여자는 이내 남자를 떠올렸다. 처음 노란 장미꽃을 한 다발 안기며 짓던 남자의 함박웃음, 꽃다발이 시들 때쯤이면 또 사 들고 나타나서 멋쩍어하던 눈, 학원생이 학교에서 시험이라도 잘 보면 꽃다발과 함께 축하하던 목소리. 여자를 영화의 주인공으로 설정해 준 남자였다. 요술램프처럼 여자의 욕구를 충족시키던 남자의 부재 이유를, 여자는 그럴싸하게 포장했다. 평소와 다른 행동에 감히 추측하지 못할 원대한 사정이 있을 거라고. 남자와 헤어졌다고 판단한 엄마가 또다시 결혼을 핑계로 시시콜콜 삶의 결정권을 침범할 거라는 결론에 이르자 혼잣말이 흘렀다. 연락만 오면 다 용서해야지. 그때 휴대전화에서 소리가 났다. '카톡'. 여자는 들고 있는 휴대전화가 손아귀에 착 안기는 느낌이었다. 손바닥에 살짝 돋은 땀 때문에 더 그랬다.

'한 시에 시장에 있는 식당에서 만나. 우리 자주 가던 곳 알지.'

알고 있냐는 뜻인지, 알고 있다는 뜻인지. 진정하고 다시 읽었다. 묻는 말이겠지.

여자는 일주일 동안 때맞춰 떴다가 지는 해가 얄미워서, 달이 해를 삼켜 버리면 좋겠다고 생각했다. 다들 잘살고 있는데, 여자만 암흑에서 방황하는 기분이었다. 연락이 안 되는 첫째 날은 만나기만 하면 가만있지 않을 참이었다. 둘째 날은 그럴 수가 있냐고 따지고 싶었고 셋째, 넷째 날은 너무한다는 생각에 기가 막혔다. 그러다가 다섯째, 여섯째 날은 걱정이 되었다. 오늘 아침 무사하기만 하면 된다는 결정을 내리기까지, 여자는 일주일 동안 모노드라마를 찍었다. 끝은 입 닥치고 용서였으니까 남자는 홀연히 등장하면 되는 결말이었다.

손바닥 뒤집듯 오락가락하는 여자의 마음이 이번에도 유감없이 발휘된 셈이다. 사십을 바라보는 나이에, 마음의 풍랑에 휩쓸려 바다에 배를 띄우는 여자. 다 된 밥에 재를 뿌리고 싶은 마음은 또 뭔가. 우연이었을까. 여자는 잠깐 발길질하는 의심의 문을 얼른 닫았다. 이 남자는 달라.

침대에서 몸을 세차게 일으킨 여자는 침대 발치에 놓인 화장대 거울 앞에 앉았다. 일주일 사이에 얼굴이 말라비틀어진 호박처럼 변해 있었다. 이게 뭐야. 다시 잡은 기회로 일신하려면 이 모습으로는 안 돼. 여자는 말라가는 꽃송이도 살아나서 환대하는 느낌을 받으며 욕실로 들어갔다. 말끔히 씻은 여자의 얼굴처럼 일주일의 방황도 씻겼다. 중생한 듯 단장한 모습으로 화장대 거울을 다시 보았다. 남자의 애정 공세가 담긴 물건에 흡족해하는 여자가 웃었다. 남자가 사 준 목걸이, 귀걸이, 반지, 팔찌, 시계까지. 여자는 동그란 벽시계에 시선을 맞추고 마치 대화하듯 속삭였다. 한 시라고 했으니까, 집에서 사십 분 전에 나가면 된다. 지금이 십 분이니까, 십오 분이니까, 이십 분이니까 나가야 한다. 일주일 동안 어디에 있었는지 물어봐야겠지. 그리고 또. 입술 가장자리를 밀어 올렸다. 풀 죽은 듯 다시 내리면서 콧바람을 바닥으로 쏟아냈다. 일주일이 일 년보다 길게 느껴지다니.

여자는 사거리에서 몸을 돌려 섰다. 가게 위로 자리 잡은 맑은 하늘에 낮달이 시선을 끌었다. 상현달에서 보름달로 차오르고 있었다. 밤에 보는 달은 당연하지만, 낮에 보는 달은 왠지 신비로웠다. 여자는 다가오면 금방 당연하게 여기다가도 멀어지면 잡고 싶은 심정으로 우두커니 섰다. 달은 어쩜 '밀당'의 대가가 아닐는지. 여자는 가죽장갑을 낀 채 손차양을 만들어 이마에 대고 서서 낮달을 물끄러미 쳐다보았다. 달은 스스로 빛을 내지 못한다. 그래도 달빛이 있다. 낮달은 태양 빛이 너무 밝을 때면 볼 수 없다. 그래도 항상 떠 있다. 여자는 그 사실을 알면서도 불안했다. 추위에 얼어붙은 것처럼, 선 채로 발을 묶어놓았다. 낮달이 사라지면 온다는 남자가 다시 사라질까 봐.

가게의 명성답게 손님들이 두세 명씩 줄지어 섰다. 시간을 가늠해서 출발했지만 빨라지는 걸음이 약속 시간을 이기고 말았다. 부러 시간을 재가면서 출발하고 시간 맞춰 도착하려는 심보가 제 기능을 하지 못했다. 앞에 서 있는 몇 사람이 들어갔다. 다음은 여자 차례였다. 빼꼼히 안으로 머리를 넣었다. 입구가 좁아서인지 더 분주해 보였다. 옛집을 헐어서 확장한 뒷공간에는 술손님들이 대낮부터 불콰하게 취해있었다. 모락모락 김이 나는 국밥에 막 수저질하는 테이블, 수저질이 한창인 테이블, 술을 따르며 갓 삶아낸 수육에 젓가락을 대는 테이블. 한꺼번에 여자의 시선을 잡았다.

여자가 가게로 들어섰지만, 여자가 단독으로 차지할 테이블은 없었다. 이 가게에서 점심시간이면 자연스러운 현상이었다. 합석할 마땅한 자리를 물색하다가 여자는 유독 젊어 보이는 두 여인이 앉은 테이블에 합석했다. 다가오는 종업원에게 선수 치며 말했다. 한 명 더 올 거예요, 그때 주문할게요. 머쓱한 눈을 내리뜨고 주머니에서 휴대전화를 꺼냈다. 한 시가 넘었다. 대기하던 줄도 꼬리만 남았는데 남자는 나타나지 않았다. 느슨했던 기분이 다시 조여왔다. 답장을 안 해서일까. 점심 손님 행렬도 한풀 꺾였으니 자리 비우는 일로 주인 눈치 볼 일은 없었다. 그래도 올 사람이 안 오니, 똥 마려운 강아지처럼 자꾸 고개를 두리번거렸다.

빨간 앞치마를 두른 인상 좋은 아줌마가 여자 쪽으로 오더니 두 여인 앞에 국밥을 내려놓았다. 짧은 단발머리 여인과 달덩이 같은 얼굴의 여인이 말을 주고받았다.

"그 언니는 속도 모르고 사람을 찔러대냐?"

"뭐라고 해?"

"우리 남편 오늘도 일없다고 누워 있는 거 보고 나 일하러 나왔어. 며칠 일하고 쉬고, 또 며칠 일하고 쉬고. 애는 커 가는데 속 터져. 근데 나한테 뭐라고 하는 줄 아냐?"

"또 자기 한탄했지?"

"꼬박꼬박 월급 대령하는 남편이랑 살면서, 자기는 놀고 있는 남편 두고 일하러 나가 봤대?"

"그 언니 철없는 말 하는 거 하루 이틀이니?"

한 테이블에 앉아있으니, 여인들의 대화에 숟가락을 얹어야만 할 것 같아서 귀를 쫑긋 세웠다. 입속으로 끌려가서 씹히는 음식물 소리가 여자의 귀에 안겼다. 두 여인은 국물에 들어있는 내장을 꺼내서 새우젓에 찍더니, 여자 입에도 군침이 고일 정도로 먹어댔다. 처음 와서 먹는 솜씨가 아니었다. 여자는 마치 저 여인들을 엿보기 위해 이곳에 온 양 시간이 흐를수록 얼굴과 몸을 비스듬히 틀었다.

처음 이곳에 왔을 때 여자는 뚝배기 맨 아래에 있는 밥부터 떠서 먹었다. 낡은 집을 개조한 가게 실내가 맨발로 자갈 위를 걷는 것처럼 편하지 않았다. 젓가락으로 국물을 뒤적거리며 남자만 바라보았다. 낯선 음식에 움찔하다가, 남자가 먹으니까 먹었다. 남자가 좋아했다. 좋아하니 더 잘 따라 하고 싶었다. 우윳빛이 유독 돋보이는 내장을 젓가락으로 집어서, 새우젓에 찍어 입으로 넣었다. 오독오독 나는 소리가 입맛을 돋우었다. 여자는 자주 따라온 이유를 꼽아 보았다. 준수한 외모 뒤에 감춰진 소박한 미소 같은 곳이라서. 궁금증의 답이 있는 것 같은 곳이라서. 그랬다. 여자의 생활반경에서 볼 수 없는 장소였다. 전혀 다른 세상이었다.

능숙하게 내용물을 흡입한 여인들은 아까 끊어진 이야기를 이어갔다. 죽어라 직장 다녀도 남편의 일정하지 않은 수입으로 힘들다는 둥, 남편이 의지가 약하다는 둥, 시어머니는 속도 모르고 아들 편만 든다는 둥, 남편이 벌어다 준 돈으로 사는 여자는 무슨 복이냐는 둥, 속사포처럼 대화를 주고받았다.

여자는 아직 가보지 못한 결혼이라는 길에 걸터앉았다. 누구나 가보지 못한 길을 향한 동경은 적지 않은 환상을 동반한다. 여자도 목적은 엄마의 간섭 탈피지만, 단란한 가정을 바랐다. 아빠의 명예 유지에 인생 전체를 겨냥하는 엄마를 보면 더 간절했다. 여자는 젊은 여인들의 대화를 평범함에 대입하여 상상했다. 남편이, 애들이, 하면서 핏대 오른 목덜미를 쥐어 잡은 여자. 그것이 환상이라니. 아니 미련이겠지.

여자는 손목시계를 내려다봤다. 아니나 다를까, 자리에 앉고 삼십 분이 지났다. 하릴없이 의자를 살짝 옮겼다. 혼자라도 주문할까. 전화해 볼까. 누가 종용하지 않는데 여자는 혼자 안달이었다. 그러다가 손들고 종업원을 불렀다. 큰일을 치르는 사람처럼 짧고 강렬하게 말했다. 저도 국밥 하나 주세요. 주문하기가 바쁘게 나온 국밥은 지글지글 끓고 기포 위로 김이 피어올랐다. 수다 반찬이 다 떨어졌는지 두 여인이 일어났다. 뚝배기에는 기름이 약간 뜬 국물만 남았고 반찬도 여러 번 가져다 먹더니 그릇이 깨끗하게 비어 있었다. 맺힌 가슴이 풀릴 정도로 수다를 떨었겠지. 두 여인 가는 뒷모습이 기름 잘 발라낸 국밥처럼 깔끔하게 보였다.

릴레이 먹기대회에 참가한 듯 여자는 자기 차례라며 수저를 들었다. 일주일 기다린 보람은 없었다. 남자가 같이 먹었으면 좋았을 텐데. 괜찮아, 오지 않아도 돼. 다짐과 상관없이 눈자위에 따뜻한 물이 가득 고였다. 젓가락까지 얼른 들고 능숙하게 돼지머리 고기를 건져서 새우젓을 찍어 입으로 넣었다. 디지털 파마 굵은 웨이브에 긴 머리, 펄 베이지색 밍크코트, 재색 울 캐시미어 치마에 금장식이 달린 롱부츠를 신고 국밥집에 있는 여자. 그 여자가 국밥의 매력에 빠진 듯 정신없이 먹었다. 혹여나 우는 소리가 들릴까 봐 국물을 후후 불면서 눈물과 섞어 삼켰다. 수저를 들어 건더기를 획획 젓더니 밥을 떴다.

"전화하지."

귀에 익은 목소리, 남자였다.

어제 만나고 오늘 만나는 사람처럼, 아무 일 없는 사람처럼 여자 앞에 나타났다.

"시내 들어오는데 차가 계속 막혀. 눈이 정말 많이 왔나 봐. 일 주만에 한 약속이라서 기대하고 나올 텐데 취소할 수도 없고, 그렇다고 늦는다고 연락하기도 미안하고. 기다리다 안 오면 가지. 기다리고 있었네. 미안, 미안해."

여자는 더 이상 눈물을 닦지 않았다. 궁지에 몰린 아이가 무서워하다가 멀리서 출현하는 엄마 얼굴만 봐도 엉엉 우는 것처럼 남자가 지금 그런 존재였다. 목청도 질세라 꺽꺽댔다. 어둠에서 혼자 견뎠던 일주일을 보상받는 마음으로. 이성은 머릿속에 원망의 질문지를 만들었다. 일주일 동안 왜 연락이 안 되었냐고. 갑자기 이러는 이유가 무엇이냐고. 내가 원하면 뭐든 들어줬으면서 왜 이러냐고. 출력되지 못한 질문지는 눈물을 타고 볼을 가르며 흘렀다.

남자는 기다렸다는 듯 여자의 어깨를 쓰다듬으며 토닥거렸다.

"미안해. 너무 바빴어. 이제 안 그럴게."

그래, 이제 다시 자상한 남자친구로 돌아온 거야. 또 연락 두절되지 않도록 남자가 좋아하는 모습으로 살면 되는 거야. 여자는 남자가 지금 자기 곁에 있다는 사실에 가슴을 쓸어내렸다. 되찾은 땅을 다시는 뺏기지 않겠다는 여자의 다짐이 눈물을 말렸다. 속눈썹을 깜빡거리며 뭉쳐있는 눈물까지 말끔히 털어냈다.

"점심은 먹었어?"

"국이 다 식었네. 우리 나가자."

여자는 말 잘 듣는 강아지가 되어서 남자를 쫄래쫄래 따라나섰다. 애태우며 보낸 일주일이 여자를 혼자만의 세계에 가둔 탓일까. 남자가 전보다 더 듬직해 보였다.

그 뒤로 여자는 남자의 친구들을 더 이상 만나지 못했다. 안부를 물으면 다들 바빠서, 하며 남자가 짧고 간단하게 대답했다. 여자의 질문이 길어진다 싶으면 선물 하나 사 줄까, 하고 물어보고는 여자의 대답을 기다리지도 않았다. 이내 가까운 백화점으로 데리고 가서 여자에게 선물을 안겼다. 가방, 향수, 신발, 옷…. 백화점 물건은 여자도 어렵지 않게 사는 형편이지만, 여자를 위하는 남자의 마음을 살 수는 없었다.

　새해가 훌쩍 지났다. 남자는 선물 공세하고 트집 잡기가 이어진 후, 연락 두절 되는 과정을 반복했다. 여자는 선물 받을 땐 세상의 중심처럼 살았고 트집 잡힐 땐 투덜대면서도 고치려고 노력했으며 남자와 연락이 닿지 않으면 뭘 잘못했나 싶어 전전긍긍했다. 횟수가 더해질수록 여자는 남자에게서 헤어나지 못하고 점점 늪으로 빠져들었다. 여자에게 남자만 보이도록 있는 힘껏 널을 띄어 놓고 나 같은 남자가 어디 있어, 하며 눈가의 주름을 있는 대로 잡는 이 남자. 심각하게 물고 늘어지다가 버려지는 일이 없도록 여자는 남자를 세심하게 살폈다.

　조건 반사적으로 여자에게 다양한 행동이 생겼다. 남자의 기분을 살피며, 여자가 불안한 만큼 장소와 때에 맞는 추임새가 따라붙었다. 오늘 여자의 생일 파티에서 남자를 위해 어떤 추임새를 보일지, 여자도 예상하지 못했다. 여자는 남자의 모호한 태도와 널뛰는 기분을 걱정했지만, 쌓인 경험으로 추임새를 넣어 맞출 수 있다고 자신했다.

　'생일 축하해. 우리 공주님. 퇴근하고 저녁에 만나.'

　남자의 카톡 메시지가 여자의 마음을 공중 부양했다. 질문하는 학생들이 마냥 예뻐 보이기도 하고 투덜대는 직원들의 불만도 용납되었다. 저들은 어제와 똑같은데, 여자는 고개를 갸우뚱거렸다. 여자는 발에도 추임새를 넣은 듯 경쾌한 발걸음으로 백화점을 향했다. 남자를 따라 명품 숍으로 가서 여자는 진분홍색 토트백을 들었다. 새봄에 보일 포인트 효과를 염두에 둔 것이다. 남자는 여자를 빤히 들여다보았다. 이걸로 하지 그래. 비슷한 걸로 저번에 사줬잖아. 여자는 다른 손에 갈색 루프백을 들고 두 개를 저울질했다. 살짝 돌리며 모양을 살피는데 남자가 획 일어나 가버렸다.

여자는 서둘러 남자를 뒤따라 나갔다. 백화점 회전문에 다가서는 남자의 모습이 보였지만, 여자가 가까이 갈수록 남자는 더 빨리 앞서 걸었다. 멀어져 가는 남자 등을 보며 한탄했다. 이게 아닌데. 잠깐 잊었어. 잘 맞추려고 하는데 또 어그러졌네. 여자는 양옆으로 팔을 축 늘어뜨린 채 좀 전 일을 계속 곱씹었다. 아랫배가 팽팽해져 왔다. 어느새 시선을 바닥으로 내리깔고 답을 찾았다. 남자가 저럴 때는 저럴만한 중요한 이유가 있을 거야. 오늘 회의를 내일로 넘기고 나왔다고 했는데. 그냥 사라는 가방 살걸.

또다시 연락이 끊어진 채 며칠이 지났다. 여자는 고개를 절레절레 흔들며 남자를 이해해 보려고 이유를 파헤치기 시작했다. 왜 그랬을까. 뭐가 문제일까. 어떻게 해야 할까. 여자의 질문이 쌓여갈 때쯤 남자에게서 전화가 왔다. 강의를 막 시작하려는 참이었다. 여자의 마음은 두 개가 되었다. 받을까. 말까. 하지만 중독된 의지는 강의실 밖으로 여자를 끌어냈다. 짐짓 태연한 목소리로 여보세요, 했다.

"학원가 앞에 해장국 집으로 나와."

"지금 수업이 있어서 못 나가는데."

"올 때까지 기다릴 테니까 알아서 해."

남자의 목소리에서 이유를 찾으려는 듯 여자는 휴대전화를 만지작거렸다. 강의실에서 학생들이 고개를 두리번댔다. 여자가 서둘러 안으로 들어가자, 지문을 다 읽고 기다리던 학생들이 질문을 해댔다. 대답하긴 했는데, 여자는 인식하지 못했다. 폐가 빵빵하도록 숨을 들이마셨다. 학생들의 밝은 안색을 확인하고 숨을 조용히 내쉬었다. 여자의 마음은 이미 남자가 있는 식당으로 달려갔다. 학생들을 서둘러 보내고 여자의 호기심을 풀어줄 남자를 만나러 발걸음을 재촉했다. 호흡이 목까지 차오르며 가빠졌다.

빨리 왔네. 남자는 먹구름을 다 걷어낸 맑은 하늘 같은 얼굴로 태연하게 웃었다. 여자는 등에서 조르르 흐르는 액체가 원망스러웠다. 새 학기라서 등록한 학생들 질문도 많고, 특히 고1 학생들 테스트가 있는 날인 만큼 중요한 날이었다. 옆 선생님에게 맡기고 나오면서 그 따가운 눈초리를 등에 지고 왔다. 더 큰 일을 해결하지 않으면 안 될 것 같아서. 이유도 말 못 할 만큼 속을 앓고 있는 남자인 것 같아서. 그런데 아무렇지 않게 웃고 있는 저 남자는 뭐야. 여자는 휘청거리는 다리를 끌고 남자 앞에 앉았다. 머리에 담아 뒀던 말들이 엉덩이가 의자에 닿자마자 터져 나왔다.

"뭔데! 며칠 전부터 사람을 걱정시키고. 말도 없이 가 버리고. 나한테 어떻게 하라고…."

수돗물 터져 나오듯 질문이 콸콸 쏟아질 줄 알았는데, 눈물이 설레발쳤다. 저녁 식사 시간이었다. 좌석을 꽉 채우고 있던 사람들이 힐끗힐끗 여자를 쳐다봤다. 남자는 미안, 미안, 하면서 두툼한 손을 뻗어 여자의 눈물을 닦아 주었다. 남자 얼굴에 맑은 하늘은 어느새 여자 얼굴로 번졌다. 일식, 양식보다 익숙해진 국밥을 먹고 언제 싸웠냐는 듯 둘은 웃었다. 식당을 나오자, 남자는 여자 손을 잡았다. 여자는 호된 꽃샘추위를 쫓아내듯 남자의 손을 꽉 잡았다.

이유를 알아내지 못했지만, 여자는 굳이 묻지 않았다. 남자가 다시 원래로 돌아왔으니까. 여자는 입술을 굳게 다물고 말았다. 이유를 덮어 버린 채 여자는 손바닥으로 자신 뺨을 두드렸다. 잘하자. 가슴에서 뭔가가 퍼덕거리는 느낌 대신 원피스 벨트 구멍이 밀리는 기분은 뭘까. 곧 만신창이가 되어서 주저앉을지도 모른다는 기분이 여자를 뒤따랐다.

새로운 하루가 시작된 시간에 여자는 주차장을 향해 남자의 손을 잡고 걸었다. 여자의 발걸음에 맞추던 남자의 발걸음이 서서히 앞으로 나갔다. 여자는 급하게 따라갔다. 마치 중독을 자초하는 사람처럼. 이럴 상황이 아니었다. 말도 없이 백화점에서 가 버릴 수 있냐고, 다른 날도 아니고 생일이었는데 좀 맞춰주면 안 되냐고 따져야 했다. 그냥 넘어가는 횟수는 늘어가는데. 이러면 안 되는 거잖아. 여자는 마른침을 꿀꺽 삼켰다.

'조금만 있다가 물어보자. 조금만 더 있다가.'

편의점 불빛에 남자의 걸음이 멈추자, 여자도 멈춰 섰다. 남자를 따라 들어간 여자는 계산대 앞에서 남자를 기다렸다. 이것저것 잔뜩 골라 들고 싱글거리며 다가오는 남자에게 여자는 무턱대고 빨려들었다. 문득 여행 중에 내셔널 갤러리에서 본 그림 한 점이 돌올하게 기억났다. 젊고 아름다운 나르키소스가 물그릇에 비친 자기 얼굴을 바라보는 그림이었다. 님프 에코의 마음을 빼앗아 놓고 정작 자기를 사랑하다가 나르키소스는 죽었다. 이룰 수 없는 헛된 사랑이었다. 여자는 님프 에코를 애잔한 마음으로 품었다. 불식간에 나르키소스가 바라본 물그릇이 여자의 시선에 나타나더니 여자의 얼굴이 비쳤다. 자신을 지나치게 사랑하는 여자가 물그릇에 비친 자기 얼굴에 빠져들었다. 여자는 뒤통수가 심하게 당겼다. 거부하지 않고 고개를 들어 앞을 보았다. 점원이 말끔한 차림새로 인사하며 남자가 골라온 물건에 포스기를 갖다 댔다. 대부분 눈을 감고 있을 시간에 성실을 보이는 점원이 여자는 미더워 보였다. 여자는 두둑하게 부풀어 오른 비닐봉지에서 번들거리는 허영의 소리를 들었다. 여자가 그림 속에서 고개 숙인 나르키소스를 뇌 저편에서 흔들었다. 부들대며 고개를 치켜세웠다. 그때 남자가 비닐봉지를 바스락거리며 여자 손에 건넸다.

"아까 제대로 먹지 못하더라. 집에 가져가."

그립던 남자의 다정한 어조였다. 여자의 마음은 갈피를 잡지 못했다. 다시 회복된 관계였지만 여자는 이전과 다르게 남자의 친절을 받아들였다. 여자 집 부근에 자동차를 세우고 남자는 여자의 어깨를 토닥거렸다. 왜 그랬냐고 아직 묻지 않았지만, 여자는 남자의 수줍은 미소에서 빠져나오려고 움찔댔다. 내일 또 봐. 여자는 부대 끼던 옥생각을 조금씩 털어내며 차에서 내렸다.

눈을 뜨니 너무도 당연하게 아침이 왔다. 여자는 몇 달 전처럼 휴대전화를 두드렸다. 나 일어났는데 할 일이 많이 밀렸어. 하기 싫어지네. 남자의 답장은 몇 달 전과 다르게 바로 왔다. 쉬엄쉬엄해. 여자의 얼굴이 아파트 끝자락을 타고 오르는 햇빛처럼 밝아졌다. 그러나 햇볕은 아파트 끝자락을 벗어나면 다시 가려졌다. 동시에 여자의 얼굴도 어두워졌다. 여태 쌓인 궁금증으로 촉각이 극도로 예민해지는 기분이었다. 롤러코스터를 타느라 꾸역꾸역 눌러놨던 마음을 꺼내주라는 듯 생각이 꿈틀거렸다.

때를 고르기로 마음먹고 여자는 현실로 안착했다. 정시만 준비하기엔 변수가 커서 상반기부터 논술전형을 준비하는 학생들이 봄을 달구었다. 경우의 수를 대비하는 그들의 계획에 확률이 높은 가이드라인을 제시해야 했다. 어느덧 여자의 학원이 선두주자 대열에 합류할 위치에 가까이 왔는데, 며칠 동안 허공에서 제자리걸음 했다. 여자는 새로 등록한 학생들 명단부터 체크 했다. 원장님, 오늘은 표정이 예전으로 돌아왔어요. 그동안 무슨 일 있으셨어요? 여자는 하얀 이를 살짝살짝 드러내 보였다. 한참 바깥에 노출했다. 점심을 먹기 위해 학원 밖으로 나오기 전까지 자주자주.

'소녀의 기도'가 휴대전화를 타고 울려 퍼졌다. 어젯밤 바꾼 벨소리가 평온하게 들렸다. 이제는 점심시간에도 전화를 다 하네. 여자는 손가락에 기름을 바른 듯 부드럽게 통화버튼을 눌렀다.

"희수 씨, 기민이 지금 경찰서에 있어요. 교통사고가 났어요."

"누구시죠?"

"아, 우리 자주 봤어요. 커플 모임에서 희수 씨 응원했던 기민이 친구…."

그다음 설명은 더 이상 귀에 들리지 않았다. 왜 경찰서에 있는지가 더 궁금했다. 여자는 일행들을 먼저 보내고 발걸음을 돌렸다. 자동차에 시동을 누르는 여자의 손에 끈적임이 역력했다. 교통사고와 경찰서를 '이해'라는 단어로 엮으려면 삼십 분을 차로 달려야 했다. 시선이 자동차 앞 유리 너머로 뛰었다. 점심시간을 보내는 직장인들이 삼삼오오 짝지어 서서 소곤거렸다.

내비게이션이 안내한 장소는 시내 변두리에 자리했다. 경찰서 유리문을 미는 여자의 손이 떨렸다. 겨울철에 동굴 속으로 들어가면 싸늘하듯 섬뜩한 기운이 등줄기를 탔다. 여자는 안으로 들어갔다. 두리번거렸다. 순간, 석회 동굴에서 흉측한 모형을 보며 놀라듯 여자는 남자의 모습에 놀라 정신이 아뜩했다. 고개를 거의 바닥에 심은 것처럼 숙인 남자 앞에서 작달막한 키에 풍채 좋은 중년남성이 호통을 쳤다. 남자의 자태가 서울 한복판에 있는 대형 스크린을 꽉 채울 만큼의 크기로 여자의 시선을 장악하며 쳐들어왔다. 누군가 여자의 시선을 가로챘다. 남자의 친구였다. 사고 경위를 물었다. 급하게 학교 앞을 지나가다가 달려오는 초등학생을 보지 못했고, 아차 싶었을 땐 이미 학생이 쓰러져 있었으며, 결국 다리가 부러졌다는 것이다. 어린이 보호구역 내에 적용되는 '민식이법'을 감안하면 간단하게 끝날 문제가 아니란다. 뭐가 그렇게 급해서. 여자는 따지고 싶은 입을 봉인하고 고개를 끄덕였다.

지금까지 여자를 이끌던 남자는 찾아볼 수 없었다. 여자는 생각을 다잡았다. 그럴수록 구겨냈던 마음이 여자를 간지럽혔다. 나한테 민감하다고 하더니, 틀렸다고 지적하더니, 며칠씩 연락도 두절하고 걱정시키더니, 저 남자 뭐야. 여자는 감춰진 속내를 파헤쳤다. 여자에게 기억된 남자의 모습은 항상 흐트러짐이 없었다. 아니, 흐트러지면 안 되었다. 어제 듬직하게 보였는데, 옷차림도 머리 모양도 어제와 별 차이 없는데, 단지 남자가 있는 자리가 바뀌었을 뿐인데. 여자는 마음에서 흐느적거리며 탈출을 갈망하는 물체를 끄집어냈다. 궁금증을 달고 출력 대기 중인 마음의 문서였다. 인쇄에 커서를 올리고 마우스 오른쪽을 눌렀다. 대답을 기다린 질문이 곧바로 여자를 향하여 달려들었다.

'왜 미적대기만 하고 입을 열어 물어보지 않았니?'

자기한테 잘한다고 말하는 사람만 찾아다니는 여자가 허공에 나타났다. 혹시 잘못하면 버려질까 두려워서 결혼 조건을 핑계 삼으며 불안해하는 여자. 초라함이 들키면 그 즉시 도망가 버리는 여자가 잔뜩 웅크리고 떨었다. 여자는 보이는 행복을 지키려고 전전긍긍하며 궁금증을 감추고 살았다. 그런 여자를 완벽하게 통제하던 그 남자가 초라하게 앉아있었다. 지금까지 초라함을 볼까 봐서 질문하지 못했나. 그렇다면 남자도 지독하게 자신을 지키느라 회피하며 잠적했을까. 여자의 기억 선반에 올려진 사례분석 파일이 모조리 튕겨 나왔다. 여자는 목구멍이 타들어 가는 것 같았다. 더 이상 침묵으로 이 끔찍한 상황을 바꾸지 못한다. 여자의 헛된 이상은 현실에서 야금야금 갉아 먹혀 갔다. 창자가 찢어지는 아픔을 끌어 안으며 남자를 정면으로 응시했다.

정수기를 향해 여자는 가까이 다가갔다. 목구멍의 열을 단번에 식히듯 물을 벌컥벌컥 마셨다. 그리고 남자의 손에 물 한 컵을 쥐여주었다. 남자는 고개 숙인 채 손을 파르르 떨었다. 컵 안에 물이 가늘게 출렁였다. 남자의 손을 여자가 먼저 살포시 잡았다.

소문이라도 내고 싶은 듯 여자는 경찰서 마당으로 나왔다. 주차장에 똑같은 경찰차 두 대가 구름에 엷게 가린 햇볕을 이고 있었다. 여자는 눈을 치켜들어 하늘을 올려다보았다. 보름달 모양의 낮달이 또렷하게 떠 있었다. 여자는 양팔을 들어 동그랗게 만들었다. 응축되어 있던 내면의 감정까지 혈관을 타고 유유히 흐르는 듯했다. 여자는 경찰서 안으로 다시 들어갔다.

추운 여름

나는 침대에서 일어날 수 없다. 우물 안에서 보이는 하늘만 바라보듯, 붕대 테두리 안에서 병실 형광등을 보고 있다. 팔과 다리는 로봇처럼 경직되었다. 그나마 손톱 부분이 붕대 밖으로 나와 있어서 가까스로 움직인다. 순간, 옷을 자르던 가위가 떠올랐다. 스으윽 소리를 내며, 불에 탄 반소매 블라우스와 바지가 순식간에 잘려 나갔다. 머릿속에서는 얼른 손으로 몸을 만진다. 하지만 정작 나의 손은 붕대 안에서 그대로 있다. 머리부터 발끝까지 붕대에 감긴 것이다.

"통증이 심하면 말하세요. 진통제가 들어가긴 하지만 아플 거예요."

미라에게 호흡이라도 불어넣듯 간호사의 목소리는 상냥하다. 간호사의 말이 떨어지기 무섭게 손바닥과 발바닥에서 그 말을 낚아챈다. 바늘로 찌르듯 욱신거린다.

"으윽! 아파요."

"그러면 진통제 버튼을 이렇게 한 번 누르시면 돼요."

간호사는 내 눈앞까지 버튼을 들이댄다.

"그래도 당분간은 아플 수 있으니까 정말 못 참을 때만 누르세요."

상냥하던 목소리는 교관처럼 바뀐다. 간호사는 내 엄지손가락 끝을 진통제 버튼 위에 올리더니, 잘 견뎌야 한다는 듯 살짝 누른다. 나는 대답 대신 미간을 찌푸린다. 붕대가 내 미간을 가리고 있어도 간호사는 알아차린 듯하다. 살짝 웃더니 병실 밖으로 나간다.

자유롭게 걸어 나가는 간호사의 발걸음 소리가 귀에 들린다. 나도 불과 몇 시간 전까지 멀쩡하게 걸어 다니지 않았는가.

오늘 아침, 나는 빌라 지하 방 창문으로 사람들을 보고 있었다. 빌라 사람들은 출근을 서두르느라 바빴다. 그들은 주차된 차들을 차례대로 빼려고, 주춤거리기도 하고 재촉하기도 했다. 주차장이 빌라 사이에 간신히 마련된 이유이다. 나는 빌라 사람들을 배웅이라도 하듯 쓰레기를 들고 집 밖으로 나왔다. 반지하에서 나오면 눈이 하늘로 먼저 향한다. 어제 불타던 태양은, 밤새 물체의 틈을 찾아다니며 열기를 조각냈는지 다시 진정된 모습으로 떠올랐다. 말갛게 씻은 모습으로 나를 봤다.

출근할 시간이다. 현관에 들어서자, 어젯밤 아버지가 마신 술병이 내 시선을 잡아당겼다. 도대체 몇 개인가. 바로 전까지 내 머릿속은 조직장들 미팅 준비로 도서관 책처럼 정리되어 있었다. 가지런한 책 사이로, 아버지의 목으로 넘어가던 술이 흘러내리는 것만 같았다.

흐르는 술을 말리듯 출근 준비를 서둘렀다. 나는 머리를 말리던 드라이 바람을 세게 올렸다. 알코올은 다 증발해라. 세상의 술을 다 말려서 아버지가 말갛게 씻은 태양처럼 살게 하리라. 간다고! 드라이 소리에 동생 목소리가 끼어들었다. 학교 다녀온다고 아까부터 계속 말한 모양이다. 반응 없는 나를 향해 크게 소리쳤다.

내 출근 시간은 오전 아홉 시다. 집에서 도보로 오 분 거리에 사무실이 있다. 중학생인 동생을 위해 이곳으로 이사 왔다. 작년에 집 계약이 끝나면서 한 사람이라도 편하면 좋겠다고 생각했다. 나도 쉽게 내린 결정은 아니다. 지금 사는 집에서 전에 있던 사무실까지 한 시간 이상이 걸렸다. 아버지 챙기고 동생까지 챙기면 출근 시간 맞추기가 빠듯했다.

결국 이사 후에는 이직까지 고려했다. 인정받는 회사를 그만두는 것이 아까웠지만 잦은 지각으로 마음이 편하지 않았다. 나는 이직을 고민할 때마다, 컵에 가라앉은 설탕을 젓듯 세게 고개를 저었다. 그리고 녹은 설탕물을 마시고 기분을 달래듯 다시 웃곤 했다.

그 행동으로 국장이 알아차린 걸까. 내가 이곳으로 이사하고 몇 달이 지난 어느 날, 지수 씨 사는 지역으로 발령이 났어. 어머, 사무실이 지수 씨 집 근처에 있지 뭐야, 하는 국장의 말에 망막이 흐릿했다. 국장은 회사에서 인정받는 사람이다. 나를 여동생 같다며 보살피는 국장을, 나는 언니처럼 따랐다.

결과적으로 나에게 유리한 이사가 되었다. 새벽에 출근해서 밤늦게 퇴근하는 아버지가 마음에 걸렸다. 아버지는 집에서 군포에 있는 물품 집하장까지 한 시간 이상 버스를 타고 다녀야 했다. 그런 내 마음도 몰라주고, 아버지는 나에게 고생했다는 말은커녕 이런 집으로 이사 왔다고 소리를 버럭 질렀다. 아버지는 그동안 자기 하고 싶은 대로 하고 살았잖아. 그래도 된다는 각오로 아무 대꾸하지 않았다.

내 나이 스물세 살. 철새처럼 한곳에 머무르지 못하는 아버지를 걱정했고, 착한 큰딸이라서 동생도 보살펴야 했다. 엄마가 안 계시는 자리까지 나의 몫이 되고 말았다. 그런 나에게 어젯밤 술을 마시던 아버지가 봇물 터지듯 말을 했다. 항상 술기운을 빌려서 말을 하지만 어제는 작정한 듯 내게 쏘아붙였다.

"날씨가 너무 더워서 이 일 못 하겠다. 쬐끄마한 택배 하나 들고 오 층까지 걸어 올라갔더니, 동이 틀렸다고 핀잔이나 듣고. 머리에 피도 안 마른 놈이 이래라저래라. 먹고 살기 힘들다. 지수야, 니 착하니까 동생 하나 먹여 살릴 수 있지? 아빠 이번에는 니한테 말하고 나갈란다. 이제부터는 니가 전부 해라."

아버지 맞나요? 제가 먼저 이 집을 나갈 거예요. 도대체 제가 왜 이렇게 살아야 하는데요. 이제는 진짜 아버지를 포기하겠다는 다짐으로 마음에 켜켜이 쌓아둔 하얀 깃발들을 펼치기 시작했다. 그러나 나 혼자 다짐할 뿐. 아버지는 술병 옆에서 새우처럼 금세 잠이 들었다. 거실 전등이 아버지 입만 비추고 있는 듯했다.

평소보다 삼십 분 일찍 집을 나왔다. A동 앞을 지날 때, 옹기종기 피어있는 채송화가 작년보다 다정해 보였다. 시멘트 담벼락을 넘어 하늘을 향한 목련 나무가, 올해 역할을 다했다는 듯 나를 바라보았다. 아침 일찍부터 나를 바라보는 뭔가가 많았다. 갑자기 마음이 뜨거웠다. 말갛게 떠오른 태양도, 사람들의 머리 위에 자리를 잡는 시간에 다시 불타겠지. 작년에는 느끼지 못한 여유다. 오늘도 무더위가 주차장 바닥을 얼마나 달구려나. 이 집에서 산전수전 다 겪은 것처럼 신산함이 스멀스멀 올라왔다.

지은 지 이십 년은 훌쩍 넘은 건물. 빌라는 A동과 B동으로 구분되어 있다. 둘 다 남쪽을 향해 있다. A동은 바로 앞이 도로라서 막힌 곳이 없다. 그에 비해 B동은 A동의 뒷면을 보고 있다. 바로 그사이에 주차장이 있다. 사람도 다니고 차도 쉬는 곳. 주차장을 지나 B동 입구에서 계단을 내려가면 우리 집이다. 지하지만 환기도 잘되고, 남향이라서 햇볕도 들어왔다. 집 구조가 편리하게 설계되어서 지상에 있는 집 부럽지 않다. 아버지와 동생과 한 지붕 아래에서 같이 사는 이 집은, 나에게는 안정된 공간이다. 작년 봄에 이사 와서 벌써 일 년을 살았다.

사무실 문을 열고 들어서자 마음이 바빴다. 회의 자료는 국장이 맡기로 했지만, 제반 준비점검은 내 몫이다. 더욱이 말갛게 씻은 태양이 초를 다투며 사무실을 달구고 있었기 때문에, 에어컨을 트는 것이 급선무였다. 우웅. 천장형 에어컨의 사면에서 바람이 나오자, 금방 시원해졌다. 너무 부지런 떨었나. 국장에게 뭔가를 보답하고 싶은 내 마음이 여름 태양처럼 뜨거워지는 것 같았다. 뜨거워진 마음에 동생 지혜가 들어왔다.

동생은 나와 일곱 살 차이가 난다. 한창 꾸미고 멋 부릴 나이인데, 신발이 닳아도 내가 볼까 봐 먼저 가렸다. 그러지 말라고 해도 언니 고생하잖아, 하며 나를 오히려 다독거렸다. 동생은 요즘 방학을 앞두고 오전 수업만 했다. 한낮에 더운 반지하 집으로 들어갈 동생을 생각하니, 시원한 이곳에 있는 내가 죄인처럼 느껴졌다.

"언니, 이따 학교에서 집에 오면 전화할게."

"응, 어제 사다 놓은 돈가스 있으니까 네가 기름 냄비만 올려줘."

동생은 중요한 약속을 확인받겠다는 목소리로 말을 이었다.

"맛있겠다. 게임 허락한 시간도 잊지 마."

"약속했던 시간만 해야 한다!"

내년이면 고등학생이 되는데 아직도 나한테 일일이 보고했다. 남들은 착한 언니에 착한 동생이라고 하지만, 나는 사막에서 오아시스를 갈망하는 것처럼 애타게 탈출구를 찾았다. 혹시나 시커먼 속이 들통나면 어떻게 하나.

열 시부터 시작된 회의는 한 시간을 넘겼다. 실적이 저조한 팀은 상반기의 부진을 만회할 안건이 충분하지 않고, 상반기에 간신히 실적을 채운 팀은 하반기 계획이 못마땅한가 보다. 국장의 목소리가 흥부처럼 구걸했다가, 놀부처럼 냉정하기를 반복했다. 나는 자료 준비하면서 힐긋힐긋 스캔한 내용을 국장의 목소리에 맞춰 머릿속으로 넘겼다. 먹고 살기 힘드네요. 국장실에서 미팅하는 저들의 대화 사이에서 단골로 끼어드는 말이다. 나는 어젯밤에도 들었다. 술 마시던 아버지도 그랬다. 먹고 살기 힘들다. 어젯밤에 들은 아버지의 탄식은 감춰뒀던 기억을 꺼내며 내 심장을 조여왔다.

언제부터일까. 아버지의 탄식은 매번 행동으로 이어졌다. 며칠 자상하고, 며칠은 버럭 화를 내더니 연락도 없이 홀연히 사라지는 순서였다. 그러다가 어느 날 아무 일 없는 듯 다시 나타나곤 했다. 반복되는 패턴 안에 엄마의 눈물이 있었다. 엄마의 눈물이 통곡으로 바뀔 때면 내 심장 박동수가 빨라졌다. 쩔쩔매는 엄마는 뭐가 저리도 아쉬울까. 어린 내 눈에 엄마는 바보였고, 돌아가시기 전까지도 바보였다. 아빠가 그럴 사람이 아니다, 하는 일마다 안되니까 그럴 거야, 우리를 얼마나 사랑하는데, 아빠를 이해해야 한다. 엄마는 나에게 반박할 시간도 주지 않고 눈을 감는 순간까지 나에게 당부했다. 하지만 아버지는 엄마가 우리 곁을 떠나 영영 볼 수 없을 때도 반복되는 패턴을 버리지 못했다. 지수는, 착하니까, 그런 아버지를 이해하라고 해서, 아버지를 포기하겠다는 어젯밤의 다짐을 다시 고민했다.

휴. 나도 모르게 한숨을 뱉었다. 한숨을 밀치듯 국장실 문이 열렸다. 표정들이 밝았다. 내가 엄마를 생각하는 동안 뭔가가 분위기를 바꾼 것이다. 국장의 노련미가 있었겠지. 나도 덩달아 환하게 웃었다. 어설퍼하는 나와 간단한 눈인사를 나누고 국장과 조직장들은 식당으로 갔다.

회의가 끝나기를 기다렸다는 듯 동생에게서 전화가 왔다.

"언니, 기름 냄비 가스 불에 올릴 거야. 금방 올 거지?"

"으응, 금방 갈게. 기름 냄비 뚜껑 덮여있는데, 그대로 올려줘."

집도 가깝잖아. 금방 간다고 생각하며 나는 복사지부터 정리했다. 그다음 국장실로 향했다. 회의실에 흐트러진 의자를 책상 밑으로 넣었다. 가지런히 줄을 맞춘 의자는 회의를 끝낸 그들의 미소처럼 정갈하게 놓여있었다. 비어있는 도자기 찻잔들을 쟁반에 조심스럽게 담았다. 싱크대에 담아보니 제법 많았다. 기름이 끓기 전에 가야 하는데. 뚜껑을 열고 냄비를 올리라고 할 걸 그랬나. 시간을 확인하려고 핸드폰을 들자 부재중 전화가 보였다. 아찔했다. 그때 핸드폰이 울렸다.

"금방 가아안⋯."

"언니, 불이, 불이 났어!"

나는 집을 향해 달렸다. 사무실을 나와 모퉁이를 돌았다. 빌라 지하에서 검은 연기가 더 빨리 달리라는 듯 하늘을 향해 도망가고 있었다. 지혜는. 빌라 사람들은. 작년 여름, 폭우로 지하에 차오르는 물을 퍼 올리던 빌라 사람들이 떠올랐다. 빌라 사람들은 새벽까지 반지하인 우리 집을 같이 복구시켰다. 평생 모아 산 집이라고 끔찍이도 아끼는 집주인 아저씨의 손발이 나와 함께 달리고 있는 듯했다.

빌라 입구에서 사람들이 웅성거렸다. 현관문도 열려있었다. 주방에는 검은 연기가 가득했다. 기름 냄비에는 불꽃이 활활 타올랐다. 가스레인지 앞에 창문 유리가 나에게 빨리 결정하라는 듯 뾰족하게 깨져 있었다. 저 냄비만 없어지면 된다. 창문 밖으로 던질까? 순간, 활활 타오르던 불꽃이 나에게 사막의 오아시스처럼 보였다. 다가가서 불이 붙은 기름 냄비를 양손으로 들었다.

나는 얇은 반소매 블라우스를 입었다. 그래도 갑옷을 입은 것처럼 용감하게 현관으로 달렸다. 내 목숨은 가져가도 좋으나, 다른 것들은 그대로 있어야 한다. 현관을 나가서 계단 몇 개만 올라가면 끝나. 그럼 아무 일 없을 거야. 주방과 현관이 가까워서 평소에는 신발을 신고 물건을 가져가기도 했잖아. 그런데 왜 이렇게 멀기만 한지. 몇 발짝만 가면 되는데 그만 현관 바닥에 미끄러지고 말았다. 들고 있던 기름 냄비가 왼쪽 발등에 쏟아졌다. 외마디 비명을 지를 뿐 나는 고통을 느낄 시간이 없었다. 다시 기름 냄비를 들고 계단을 올라갔다. 하늘이 보였다. 나는 기름 냄비를 주차장 바닥에 던지면서 신음하듯 입을 열었다.

"살았다, 모두 살았다."

그 순간 어느 부위라고 꼬집을 수 없을 만큼 온몸이 불구덩이로 들어가는 것 같았다. 나는 주차장 바닥에 공 벌레처럼 몸을 둥글게 말았다. 양쪽 어깨가 시소 타듯 움직였다. 시멘트 바닥에 살을 누를 때라도 통증이 덜했다. 구급차가 도착했다. 나는 들것에 실려 구급차로 이동했다. 구급차까지 아픈 듯 내 신음과 구급차 소리가 한

음이 되었다. 놀란 자라처럼 목을 잔뜩 움츠리고 울먹이는 동생까지 껴안고 신음했다. 호흡을 참아가며 신음하다가 참고 뱉기를 반복했다. 통증과 신음이 섞이는 어느 지점에서 엄마를 만났다. 엄마의 음성이 들렸다.

우리 지수 정말 착하네. 엄마가 금방 가려고 했는데 동생 옷까지 입혀서 데리고 왔구나. 지혜가 일어나서 막 울어. 그래, 잘했다. 나는 동생과 함께 엄마 품에 안긴다. 떼쓰며 울던 동생이 엄마 품에 안기더니 웃는다. 마치 백사장에서 고운 모래를 온몸에 덮고 노는 것처럼 엄마의 품에 그대로 안겨있고 싶다. 엄마는 태양도 막아주고 부채질도 해 주면서 계속 자장가를 불러준다.

잠시 후 나는 삐걱거리는 대문을 열고 마당으로 들어선다. 커다란 비석이 화단 절반을 차지하고 있다. 비석을 기준으로 바로 앞에 우리 집, 오른쪽에 고물상 할아버지 집, 그 옆에 앞니가 홀렁 빠진 주인 할머니 집이 있다. 우리 집 현관문은 나무로 되어 있다. 열쇠로 자물쇠를 풀고 들어가면 주방 겸 욕실이 있다. 그리고 오른쪽에 있는 나무문을 열면 커다란 방 한 칸이 있다. 가족이 모두 누워도 남는 큰 방이다. 그곳에 나는 다시 동생과 둘이 있다. 엄마가 가게 주인아저씨에게 말하고 오늘은 일찍 온다고 했으니까. 시계는 자정을 넘어간다. 내 귀에 아까 들은 엄마의 자장가가 들리더니 순식간에 방안 가득 울려 퍼진다. 그것을 더 가까이 듣기 위해 몸을 들썩거린다.

내 몸이 들썩거렸다. 쿵쿵. 침대 바퀴가 구급차에서 내리면서 요란하게 움직였다. 그것은 내 통증을 단번에 해결하겠다는 듯이 좁은 차 안에서 넓은 응급실로 쏜살같이 달렸다. 누군가 사고 경위를 파악하는 질문을 계속했고 울먹이며 대답하는 동생 목소리가 들렸다. 엄마의 자장가를 더 듣고 싶어서 눈을 감았다. 그러나 들리지 않았다.

얼마나 시간이 흘렀을까. 나는 눈을 떴다. 일반병실이다. 시계를 보자, 고작 미팅을 마친 오늘 저녁이다.

국장이 아들과 통화하는 음성이 들린다. 수학경시대회 문제는 난이도가 어느 정도였는지, 너는 얼마나 풀었는지, 밥은 먹었는지. 퇴근하고 아들의 얼굴을 보며 나눌 대화가, 병실 침대 옆에서 오가고 있다. 내 마음에 달린 빚 주머니가 부풀어 오른다. 국장은 성실한 지수 씨 덕택에 내가 사무실 운영하면서 우리 아들 잘 키우고 있는 거니까 미안하게 생각하지마, 하며 선수 친다.

국장에게 진 빚 주머니가 두둑해질수록 원망의 주머니를 키워주는 사람이 있다. 아버지다. 그 아버지는 지금 어디에 계시는가. 엄마가 응급실에서 사경을 헤매며 찾을 때도 없었다. 아버지는 빨리 온다던 엄마가 밤길 뺑소니 차에 치여 눈을 감는 순간에 겨우 나타났다. 나는 살림하고 돈을 벌어야 했다. 고등학교를 검정고시로 겨우 졸업했다. 몇 년 모은 적금은 아버지 빚 갚는데 모두 들어갔다.

심지어 아버지 술값도 갚았다. 살고 싶지 않았다. 그러나 불안해하는 동생을 보면 다시 착한 언니로 돌아올 수밖에 없었다.

화기에서 온 것인지 마음에서 온 것인지 출저가 헷갈리는 통증이, 나를 압박한다. 나는 위아래 이를 물고 힘을 준다. 매달려있는 진통제도 쳐다본다. 정말 못 참을 때만 누르세요. 이번에는 간호사가 사감 선생처럼 내 기억에서 왔다 간다.

"지수 씨, 아버지가 울고 난리 나셨어. 불꽃이 활활 타는 냄비를 지수 씨가 들고 밖으로 나왔다고 얘기했거든."

"…."

"어젯밤에 자기가 딸한테 못 할 소리 해서 이렇게 됐다고, 당장 오신다고 하잖아. 내가 지금 지수 씨 상태 말하고, 지혜가 놀랐을 거니까 오늘은 지혜랑 자고 내일 오시라고 했어. 지혜 아까 집에 보냈거든."

"…."

아버지가 말한 착한 지수와 엄마가 말한 착한 지수는 같은 사람일까. 국장에게는 진짜 착한 지수가 되고 싶다. 국장은 자기와 상관없는 나를 위해 병원에서 하룻밤을 보내고 있지 않은가. 칙칙한 내 사정까지 국장에게 들키고 싶지 않다.

국장은 아침 일찍 병원 밖에 나갔다 오더니 헉헉댄다. 어제 아스팔트에 달걀을 깨트렸더니 달걀프라이가 됐다나. 오늘도 더위가 심상치 않단다. 이곳은 천국이라는 말까지 더한다. 화상 전문 병원은 화기를 식혀야 하는 환자들이 입원한 곳 아닌가. 여름이 여름답게 공기를 데울수록 실내온도는 낮아야 하는 곳이 화상병원이다.

밤새 끙끙대면서 진통제 버튼을 몇 번 누른 기억이 났다. 새벽에는 응급 환자가 왔는지 병실 밖에서 웅성거리는 사람들 소리가 요란했다. 아니나 다를까 이번에는 옆 환자의 보호자가, 입 가장자리에 마른침까지 만들면서 밤사이 병원 뉴스를 전한다. 교통사고로 불이 났는데, 한 사람은 죽고 한 사람은 삼 도 화상이라고. 이식 수술까지 해도 원래 얼굴 형태로 돌아갈 수 없다고 한다.

나도 담당 의사를 만나야 한다. 붕대에 감긴 몸 상태가 궁금하기만 하다. 국장도 말은 안 하지만 의사 소견까지 듣고 가려는 눈치다. 남편에게 전화해서 아들 등교 준비를 부탁한다.

나는 아침밥을 거절했다. 진통제를 누르지 않으려고, 통증을 참다 보니 입맛도 사라졌다. 국장도 같이 먹지 않는다. 병실 사람들은 덜거덕거리며 밥을 입으로 넣는다. 보호자들의 손놀림은 그들이 병원에서 보낸 시간을 짐작하게 한다. 잠시 후에 만날 의사의 소견이 어떻게 나올지 나는 온통 그 걱정뿐이다.

아버지가 의사보다 먼저 병실에 도착했다. 오자마자 나를 보더니, 평소 처진 눈꼬리를 다급히 올린다. 아버지의 마음은 어떨까. 내가 아버지를 포기하겠다는 다짐을 꺼내려고 하는 순간 의사가 병실로 들어선다.

"안녕하세요. 잠 못 잤죠? 기름이 닿은 발등과 발바닥이 가장 심합니다. 발등은 이식 수술까지 고려하고 있는데…"

잠시 생각하더니,

"하게 되면 허벅지나 엉덩이 살이 되겠지요. 손상된 다른 곳은 지켜보면서 얘기하죠."

나는 대답 대신 감긴 붕대 안에서 얼굴을 움직인다. 내가 이식 수술한다고? 새벽에 온 교통사고 환자에 비하면 아무것도 아니잖니. 허벅지나 엉덩이 살을 뗀다고? 목숨도 아니고, 얼굴도 아니고 발등이잖니. 그리고 반드시 해야 한다는 것도 아니고. 나는 스스로 달래고 어른다.

아버지는 의사가 나가는데 비키지도 않는다. 동상이 되어서 의사에게 결기라도 보일 참인지. 나는 아버지를 향하여 불화살을 쏘듯 묻고 또 묻는다. 아버지, 이제 어떻게 하실 거예요? 지혜는 누가 돌봐요? 아버지는 또 어느 날 사라지실 거잖아요. 그러나 단지 생각뿐이다.

"지수 씨! 나, 간다. 또 올게."

국장이 내 눈을 보며 말을 건다. 내 생각을 다른 사람이 들여다보지 못하니 다행이다.

국장이 가고 아버지와 둘이 남았다. 맞지 않은 옷을 입은 것처럼 어색하다. 오히려 온몸을 칭칭 감은 붕대가 더 편안하다. 그런데 아까부터 발바닥에 돌덩이가 붙어있는 것 같다. 바람이 적당하게 들어간 풍선에 물을 담고, 묶은 꼭지를 잡아든 느낌이다. 오늘 다시 드레싱 한다고 했으니 그때 알아보면 될 일이다. 아버지에게 말하고 싶지 않다. 나는 발가락을 조금씩 움직여 본다.

점심이 한참 지나서 나는 처치실로 이동한다. 이동식 침대에 누워 병원 천장을 보는 것은 어제와 비슷하다. 끌리는 침대 바퀴 소리만 요란하고 복도는 조용하다. 사람들 음성도 들리지 않는다. 병실 문이 모두 잠겨있는 건가. 아버지는 밖에 있고 나는 혼자 처치실로 들어간다.

이동식 침대에서 딱딱한 침대로 옮겨진다. 내 몸에 붕대가 감겨있어도 딱딱하다니. 덜컹거리는 소리를 듣고 스테인리스 침대라고 짐작한다. 옮겨질 때 방수 커튼이 스치면서 보였다. 혹시 바닥은 물을 부어서 씻을 수 있게 되어있는 것 아닐까. 연쇄 살인 사건을 다루는 영화의 피해자가 된 것 같다. 목숨을 아끼지 않던 나는 어디로 가버리고 없고, 무서워서 벌벌 떠는 내가 누워있다. 전기가 온몸에 흐르듯 찌릿찌릿하다.

온몸을 감싸고 있던 붕대가 순서를 정하지 않고 벗겨진다. 나는 어느 곳이 어떻게 되었는지 볼 수 없다. 단지 무조건적 반사로 입이 열릴 뿐. 아악! 붕대로 감싸고 있던 부분이, 붕대가 벗겨지면서 공기와 닿은 것이다. 불이 직접적으로 닿았던 두 팔 안쪽과 양 손바닥, 뜨거운 기름이 부어진 발등에 피부 손상이 심할 것이다. 아악! 아아악! 나는 내 속에 증오하는 마음이 다 떨어지라는 듯 소리를 지른다. 그것은 자동문처럼 열고 닫히길 반복한다. 피부가 손상된 살은 나의 속마음을 그대로 드러내는 것 같다. 아버지를 원망하며 혼자서, 혼자서 쌓아왔던 미움이 불탄 것은 아닌가. 그것이 공기와 닿아서 나를 쓰라리게 하는 것은 아닌가. 손상된 피부에 새 살이 돋아나면 나의 마음에도 새 살이 돋아날까. 나는 아프다는 핑계에 숨어서 계속 소리를 지르며 눈물을 흘린다.

차가운 것이 공기를 차단한다. 의사가 설명했던 화상병원 전문 반창고이다. 이것이 없었을 때는 화상 부위에 붙였던 거즈를 떼느라 거의 실신했는데 요즘은 그렇지 않다고 미리 말했다. 잠시 후 아까 발에 묶인 돌덩이의 정체를 알아냈다. 발바닥을 다 감쌀 정도의 거대한 물집이라고 한다. 터뜨릴 때 물이 바닥으로 쏟아지는 소리에 벌어진 입이 굳어지고 말았다. 그곳도 다시 붕대로 감긴다. 화상을 입은 부위마다 통증의 강도가 다양하게 나를 괴롭힌다. 나는 차라리 숨을 멈추고 싶다. 병실로 돌아온 나는 죽었다가 살아서 돌아온 것처럼 정신을 차리지 못한다.

나를 고무시키는 일은 지국장들의 문병이다. 그들은 병실에서 나를 기다렸다. 나를 보자 입을 다물지 못한다. 어제까지 두 발로 걸어서 프린트물도 가져다주고 커피도 가져다주지 않았는가. 하룻밤 사이에 내 모습이 바뀌었으니 그럴만하다.

발바닥을 유리 조각으로 콕콕 찌르는 것 같다. 발등에 드러난 뼈가 살을 덮어주라는 듯 뼈 주위의 살을 당긴다. 나는 잘 가라는 건지, 미안하다는 건지 중얼대는 말을 내뱉고 눈을 감는다. 대형 반창고에 약이 들어있다더니 치료가 시작됐나. 다른 화상 부위는 드레싱하고 지친 듯 잠잠한데, 왼쪽 발은 사경을 헤매고 있다. 몸에 오직 왼쪽 발만 붙어있는 것 같다. 다른 방법이 없다. 진통제를 누르고 기다리는 수밖에. 지금 피부가, 손상된 부분을 살리기 위해 맹렬히 사투를 벌이고 있다. 나를 살리기 위해서. 나는 눈을 감고 까무룩 잠으로 빨려든다.

친숙한 실루엣을 가진 사람이 움직인다. 그는 기름에 녹아버린 내 피부를 향해 입김을 불어 넣는다. 자기 몸에 지닌 가루를 발등과 발바닥에 뿌린다. 가루가 스며들기를 기다렸다가 뿌리기를 반복한다. 몇 차례 똑같은 과정이 끝나자, 마지막 한 줌이라도 남기지 않겠다는 듯 자기 몸을 비벼댄다. 가루를 뿌릴수록 그 사람의 형체는 희미해져 간다. 반대로 내 손상된 피부는 차오르고 있다.

바로 옆에 시커먼 짐을 진 사람도 있다. 그는 몹시 다급한 몸짓으로 내 곁으로 오더니, 내 피부로 떨어지는 가루를 훅훅 분다. 시뻘겋게 눈을 부라리며 가루를 흩고 있다. 차오르던 내 피부가 멈추고 만다. 뿌리고 막기를 필사적으로 하는 저들은 누구인가. 얼굴은 보이지 않는다. 가루를 뿌리는 사람은 얼른 손상된 내 피부를 감싼다. 잠시 사방이 조용하다. 다시 가루를 꺼내려고 고개를 돌리는 순간, 드디어 나와 눈이 마주친다. 나의 눈을 투명한 액체가 뒤덮는다. 엄마다.

엄마는 가루가 스며든 내 피부에 손을 얹는다. 그런 엄마를 향해 방해꾼은 시커먼 짐을 앞세우며 달려든다. 그럴수록 그 짐은 점점 커진다. 엄마는 땅에 박힌 것처럼, 요동하지 않는다. 그리고 두 손으로 내 피부를 문지르기 시작한다. 엄마의 손이 나의 손상된 피부에서 새살로 변하고 있다. 엄마의 손길은 짧은 시간이라도 새살을 만들고 말겠다는 집념으로 통증까지 다스리고 있다. 문지를 때마다, 말라서 금이 간 밀가루 반죽이 다시 찰진 반죽으로 되는 것처럼 내 피부가 살아났다. 엄마는 긴박한 전장을 압도적으로 제압한다. 엄마가 잠깐 방심한 사이, 방해꾼은 커질 대로 커진 짐을 지고 엄마를 향해 달려든다. 안돼! 공기에 틈이 있다면 그것까지 메꿀 기세로 나의 음성이 퍼진다. 방해꾼은 그대로 얼음이 된다.

"지수야."

눈을 떴다. 아버지가 지금까지 한 번도 보지 못한 자상한 얼굴로 나를 불렀다. 또렷한 눈은 알코올이 다 빠진 눈동자를 깜박거리고, 밤송이처럼 날카롭던 수염은 말끔하게 정리되어 있다. 해결할 문제가 있으면 술 뒤에 숨어서 자신을 감추던 아버지였다. 엄마가 살아있을 때도 절박한 순간마다 아버지는 없었다. 엄마가 돌아가신 후에도 아버지는 변함없이 맑은 정신을 거부했다. 그랬던 아버지가 무슨 일인가.

일주일이 지나자, 나는 살성이 좋다는 얼굴부터 붕대를 풀었다. 그다음은 목, 그다음은 양팔과 손. 공기가 닿아도 비명이 나오지 않는 것이 신기하다. 사무실 사람들은 릴레이로 병원을 왔다 갔다. 하루가 다르게 벗겨지는 붕대를 보면서 어머, 어머, 하며 감탄을 멈추지 못한다. 동생도 올 때마다 놀란다. 혼자서 집안일하고 학교 다니느라 정신없을 텐데, 동생은 자주 다녀갔다. 일주일 사이에 전보다 부쩍 의젓해진 모습이다. 나는 그것도 마음이 편하지 않다.

"언니, 내가 게임 한다고 기름 냄비 올려놓은 것을 잊고 있다가 부랴부랴 돈가스 튀기려고 뚜껑을 열어서 미안해."

그동안 이 눈치 저 눈치 보느라 무서웠는지, 동생은 어깨를 들썩이며 입술까지 떤다. 이내 말간 눈물이 뚝뚝 떨어진다. 처음부터 기름 냄비 뚜껑을 열라고 말 안 한 건 내 잘못인데.

"나도 미안해, 지혜야."

동생의 눈물이 아버지의 눈동자를 내 앞으로 데려온다. 아버지의 눈동자가 흔들리지 않았던가. 미라가 된 나를 보고, 처진 눈꼬리가 올라갈 때 아버지의 눈빛에서 나는 그것을 보았다.

벌거벗은 태양이 세상을 벌거벗게 할 모양이다. TV에서 밖은 삼십팔 도를 넘나드는 무더위가 계속되고 있다고 한다. 나는 불꽃이 타오르던 부엌을 생각하며 밖의 열기를 짐작한다. 부질없는 짓이다. 병실은 화기를 식혀야 하는 환자들을 위해 냉방을 만들어 놓았으니까. 밖이 더울수록 이곳은 추워야 한다. 아버지를 포기하겠다는 내 다짐이 냉기 안에서는 힘을 내지 못한다.

에어컨 바람이 유독 차갑다. 붕대를 벗은 탓일까. 병실 유리창 너머 사람들이, 얼굴에서 손수건을 떼지 못하고 걸어가는데 나는 이불을 덮는다. 너무 춥다. 여름이 이렇게 춥다니. 옆 침대 환자가 얼음주머니를 대고 있다. 마치 내 몸에 대고 있는 것처럼 나는 온몸을 부르르 떤다. 얼음. 꿈속에서 시커먼 짐을 지고 엄마를 괴롭히던 사람이 얼음이 되지 않았던가. 그가 누굴까. 그래도 얼음이 되었으니 다행이다. 나는 왼쪽 발과 무릎 위까지 감겨있는 붕대를 내려다본다.

의사는 이번 주까지 보고 이식 수술을 결정하자고 한다. 발바닥 전체가 물집으로 쌓이고 뼈가 보인 것을 거듭 강조한다. 잠시 후에 드레싱 하잔다. 뭔가 중요한 이야기를 할 것 같더니, 멋쩍은 표정으로 입술을 움직인다.

"아버지가 딸을 엄청나게 사랑하는가 봐요. 딸이 처치실 들어가는데 애처럼 눈물을 닦더라니까요."

내 마음을 나도 종잡을 수 없다. 나는 아버지랑 비슷한 나이로 보이는 의사를 달라진 아버지 보듯 쳐다본다.

휠체어를 타고 처치실로 들어선다. 여전히 싸늘하다. 알록달록한 타일 바닥이 공포영화의 긴장감을 배가시킨다. 몇 번을 와도 적응되지 않는다. 이번엔 왼쪽 발만 드레싱 하면 된다. 대왕 반창고를 떼는 순간 공기가 발등과 발바닥을 덮친다. 나는 다시 무조건반사에 빠진다. 이를 물고 견딘다. 대왕 반창고를 교체하고 실신한 듯 병실로 옮겨진다. 병실은 여전히 춥다. 조금만 견디면 된다. 조금만. 새살이 쑥쑥 돋아서 어서 집에 가야지. 추운 여름 말고 더운 여름을 살아야지. 이불을 덮고 눈을 감는다.

다시 몸이 떨린다. 뼛속 깊이 에어컨 바람이 들어가는 듯 등골이 서늘하다. 나는 일부러 얼음이 된 그 사람을 불러낸다. 다시는 녹지 않을 만큼 꽁꽁 얼었다. 엄마도 불러낸다. 엄마가 몸에 품은 가루를 뿌리도록 왼쪽 발을 댄다. 이제는 방해꾼도 없다. 내 발을 엄마에게 온전히 맡긴다. 머리부터 발끝까지 엄마의 품에 안긴다. 발을 주무르는 엄마의 손길에 호흡을 맞춘다. 전혀 통증도 없다. 어느새 내 손에 따뜻한 액체가 담긴 컵이 쥐어있다. 그것은 식도를 타고 내려가 발까지 온기를 넣는다. 나는 엄마를 향해 미소 짓는다.

눈을 뜨고 내가 웃자, 아버지가 왜 웃느냐고 묻는다. 나는 웃음으로 대답할 뿐이다. 아까까지도 어색했던 아버지도 내 앞에서 웃는다. 꼼짝하지 않고 내 옆을 지키는 아버지가 이제야 진짜 아버지 같다.

무엇이 바뀐 걸까. 무엇이 없어진 걸까. 착하게 살려는 나에게, 저편에서 그렇게 살지 말라고 하며 따라다니던 그것. 나를 고무줄 늘이듯 질질 늘려서 끝없는 원망의 동굴에 갇히게 하는 그것. 용서하면 안 된다고 끊임없이 으름장을 놓던 그것. 나는 얼음이 된 방해꾼을 기억의 중앙에 세운다. 그리고 화상병원에서 보내는 추운 여름을 겹친다. 호흡을 가다듬고, 다시는 올라오지 못하게 기억의 벼랑에서 밀어버린다. 그 벼랑 끝에 엄마의 자장가와 웃음소리가 살포시 살아난다.

발바닥은 한결 가벼워졌다. 휠체어를 타고 외래 진료실로 향한다. 휠체어를 미는 아버지는 긴장한 발걸음이 역력하다. 의사의 최종 결정을 들으러 가기 때문일 것이다. 나는 아버지가 애처럼 울었다는 의사의 말이 싫지 않다. 아버지도 그 눈물과 함께 지워야 할 것들은 지우고, 또렷한 눈을 유지하며 살기를 바라는 마음이다.

입원하고 이 주 만에 진료실에서 의사를 만난다. 의사가 기다렸다는 듯 나를 반갑게 맞이한다. 뿔테 안경 안쪽에 자리한 의사 눈이 나와 마주친다. 나는 피고가 판사 앞에서 선고를 기다리는 듯이 의는 휠체어 잡은 손을 떼지 않는다. 아버지 손끝의 힘이 내 환자복으로 전해진다.

의사가 입을 연다. 걱정했던 것 보다 상처가 많이 회복돼서 놀랍네요. 그래도 뜨거운 기름이 바로 닿은 발은, 이 상태로 재생 불가능할 것 같습니다. 아무래도, 발등은 이식 수술해야겠어요. 이식할 구체적 부위와 진행 과정은 며칠 뒤에 다시 말씀드리기로 하지요. 잠시 머뭇거리더니, 의사는 자상한 아빠처럼 질문한다.

"지수 씨, 나이도 어린데 불꽃이 타는 냄비를 들 용기가 어디서 났어요? 동생에게 들으면서 믿기지 않았어요. 오늘은 얼굴이 밝아서 좋네요."

하얀 가운 속에 의사의 산뜻한 옷 색깔이 나를 더 밝게 한다. 이식 수술 정도야 싶다. 병실로 돌아오는 길에 복도 창문으로 고개를 돌린다. 비가 내린다. 연한 회색이던 아스팔트가 짙은 회색으로 변했다. 비를 맞고 있는 초록 잎이 자기도 꿋꿋하게 버티겠다는 듯이 나를 쳐다보는 것 같다.

벼랑에서 밀어버린 것은 다시 올라오지 못할 것이고 나는 벼랑을 등지고 갈 것이다. 아버지는 지금 휠체어를 밀고 있다. 내가 휠체어를 타지 않게 되면 또 어떤 태도를 나에게 보일지 알 수 없다. 집에 돌아가면 다시 동생을 보살펴야 한다. 그 끝이 언제가 될지 알 수 없다. 그러나 이제 나는, 자유롭게 탈출구를 향하여 걸어간다.

어느새 여름비가 그치고 창문 사이로 무지개가 보인다. 내 몸에서 땀이 난다. 여름은 더워야 제맛이다.

작가의 말

작년에는 소설에 푹 빠져서 한 해를 보냈다. 결혼 후 삼십 년 만에 제 이의 인생을 시작한 셈이다. 읽기와 쓰기를 병행하면서 가장 큰 수혜자는 내 자신이었다. 소설의 인물을 창조하고 사건을 만들고 배경을 그리면서 내적 치유를 맛본 것이다. 그러나 창작이 마냥 행복한 일은 아니었다. 쥐어짜는 고통이 채찍질했다. 스스로 세운 약속을 지켜가며 혼자 싸운 시간의 끝이 회복이기에 삶이 무척 풍요로워졌다.

이 책의 주제는 나르시시스트와 나르시시스트에게 당한 사람들을 일으키는 내용이다. 어느 날 '자기애'를 검색하다가 우연히 나르시시스트를 알게 되었다. 그동안 이유를 몰랐던 사람들의 행동을 이해하는 좋은 기회였다. 그 밑바닥은 마음의 상처라는 걸 알고 나니 치유되길 바라는 마음이 생겼다. 평소 묵상하던 성경에서 인물들을 찾아 현대로 불러왔다. 시대에 맞는 사건을 만들어 상처와 자기연민으로 얽힌 악순환을 끊는 마음으로 이 소설들을 쓰게 되었다. 부디 마음 아픈 사람들이 이 소설을 읽고 조금이라도 치유되어 일어날 힘이 되길 바란다.

나 또한 마음의 상처로 세상을 파괴하는 글을 쓰고 싶었다. 긴 시간 돌아서 과거가 현재가 된 지금, 나는 세상을 살리는 글을 쓰고 싶어졌다. 그 마음을 담아 소설이라는 장르를 빌어 미약한 솜씨를 부려 보았다.

　그 과정에서 힘이 되어 주신 하나님께 감사드린다. 가족을 주시고, 교회 식구들을 붙여 주시고, 추억을 기억하는 친구들을 주셔서 나를 위한 기도의 힘을 보태 주심을.

2024년 1월

김유하

그대여 쿰

김유하 지음

발행처 도서출판 **청어**
발행인 이영철
영업 이동호
홍보 천성래
기획 남기환
편집 이설빈
디자인 이수빈 | 김영은
제작이사 공병한
인쇄 두리터

등록 1999년 5월 3일
(제321-3210000251001999000063호)

1판 1쇄 발행 2024년 2월 10일

주소 서울특별시 서초구 남부순환로 364길 8-15 동일빌딩 2층
대표전화 02-586-0477
팩시밀리 0303-0942-0478
홈페이지 www.chungeobook.com
E-mail ppi20@hanmail.net

ISBN 979-11-6855-226-5 (03810)